"그래, 넌 이토록 느끼고 있구나.
어서 절정을 맛보고 싶지 않으냐?"

일러스트레이션 : Asahiko

이_異
연_戀

혹란(惑亂)의 삼일월

이연(異戀) ~혹란(惑亂)의 삼일월~

초판 1쇄 찍은 날 | 2015년 1월 1일
초판 1쇄 펴낸 날 | 2015년 1월 10일

지은이 | chi-co
그린이 | 아사히코
옮긴이 | 윤슬
펴낸이 | 예경원

편집책임 | 박우진
편집 | 오아현

펴낸곳 | 예원북스
등록번호 | 제396-2012-000132호
등록일자 | 2012. 7. 25
YRN | 제6-0007호

주소 | 경기도 고양시 일산동구 무궁화로 8-28 삼성메르헨하우스 712호 (우) 410-837
전화 | 031-819-9431 팩스 | 031-817-9432
http://blog.naver.com/ainandfin
E-mail | ainandfin@naver.com

ISBN 979-11-5630-642-9 03830
ISBN 979-11-5630-756-3 (set)

※ 파본은 구입하신 서점에서 교환하여 드립니다.
※ 저자와 협의하여 인지를 붙이지 않습니다.
※ 이 책은 예원북스와 Cosmic Publishing / NTT Solmare 와의 계약에 의해 출판된 것이므로 무단 전재 및 유포, 공유를 금합니다.
※ 이 도서의 국립중앙도서관 출판시도서목록(CIP)은 서지정보유통지원시스템 홈페이지(http://seoji.nl.go.kr)와 국가자료공동목록시스템(http://www.nl.go.kr/kolisnet)에서 이용하실 수 있습니다.

異戀

혹란(惑亂)의 삼일월

戀

Chi-Co 글
아사히코 그림
윤슬 옮김

차 례

코요 천황
「아키마사」

코미야 치사토

여름방학에 할머니 집에 놀러간 코미야 치사토는 커다란 창고에서 화려한 골동품이 가득 담긴 궤를 발견한다. 그 빼어난 아름다움에 매료된 치사토는 달콤하게 피어오르는 향기를 맡고 궤 속으로 떨어지고 만다.

정신을 차려보니 치사토의 눈앞에 펼쳐진 것은 난생처음 보는 광경으로, 역사 시간에 배운 헤이안 시대와 매우 닮은 세계였다. 놀란 치사토 앞에 나타난 천황은 상상조차 못할 만큼 난폭하고 심술궂은 남자인데-?!

—지금까지의 줄거리—

혹란(惑亂)의 삼일월

~ 혹란(惑亂)의 삼일월 ~

어둠을 섬세하게 비추는

초승달이 뜨는 밤에

어지러운 마음—

혹란(惑亂)의 삼일월

　아직 위화감이 가시지 않은 이 세계에서 코미야 치사토(故鄕千里)가 마음 편히 쉴 수 있는 공간은 드물었다.

　마을 하나만큼이나 거대한 저택은 마치 미로 같아서 혼자서는 그 어디에도 갈 수 없었고, 또한 늘 감시당하고 있다는 걸 아는 이상 아무도 믿을 수 없었다.

　마음을 달랠 텔레비전도, 게임기도, 만화도 없이 시간만 더디게 가는 듯 느껴지는 날들. 실제로 이 세계에 온 지는 얼마 되지 않았지만, 벌써 일 년은 지난 듯한 기분이었다.

치사토의 유일한 낙은 먹는 것이었다.

대부분 싱거웠지만, 그래도 정체 모를 요리는 적었다.

그리고 평소에는 배정된 자기 방에서 먹었기 때문에 식사할 때만큼은 기분이 좋았는데——문득 고개를 돌리다 시선 끝에 걸린 거추장스러운 물체를 보고 저절로 미간에 주름이 잡혔다.

"…다 먹었는데."

"으응, 입맛에 맞느냐?"

눈앞의 그릇이 깨끗하게 비었다는 걸 알면서도 굳이 치사토의 입으로 감상을 들어야 하겠는 모양이다. 여기서 꼬치꼬치 따지면 시간만 길어질 뿐이라서 치사토는 응, 하고 고개를 끄덕이는 것으로 제 뜻을 전했다.

일하는 도중에 빠져나온 것 같은 남자——코요(昴耀)는 치사토의 그 작은 몸짓으로도 충분했던 모양이다. 활짝 웃으며 만족스러운 표정으로 이쪽을 보고 있었다.

어제 함께 외출했을 때, 갓 만든 치쿠와(竹輪)를 먹으며 감격했던 치사토를 보고 뭔가 고심한 듯한 코요의 지시인지 뭔지, 오늘 식사부터는 따뜻한 음식이 나오게 되었다. 아무래도 음식에 독이 들었는지 확인한 뒤, 다시 한 번 덥혀서 내오는 것 같았다.

번거롭게 만든 듯해서 미안한 마음이 들었지만, 치사토

에게는 따뜻한 음식을 식기 전에 먹는 게 지극히 당연한 일이라서 비로소 정상적인 상태에 가까워졌다는 느낌이 들었다.

보란 듯이 자기 힘을 과시하지 않은 데는 감동했지만, 그렇다고 해도 실제로 고생하는 쪽은 시중드는 궁녀들이지 코요가 몸소 움직이는 건 아니었다. 그 탓인지 고맙다는 인사가 순순히 나오지 않았다.

하지만 그날 이후로 치사토 안에서 코요의 존재가 밑바닥부터 조금씩, 아주 조금씩 차근차근 떠오르고 있었다. 한편으론 그렇게 생각하는 자신이 반쯤 굽히고 들어가는 것 같아서 분한 마음도 들었다.

"저기 말이야."

치사토의 시중을 드는 궁녀들이나 코요를 호위하는 사람들이 복도에 대기하고 있었지만, 그들이 먼저 말을 거는 일은 거의 없었다. 사실상 둘만 남아 있는 방 안에서 대화도 뜸하고 앉아 있기도 거북한 치사토는 되도록 빨리 혼자 남게 되고 싶었다. 그런데 식사를 마치면 여느 때처럼 일하러 갈 것이라 믿었던 남자는 어쩐 일인지 앉은 채로 꿈쩍하지 않았다.

'언제까지 있을 생각이야…….'

"어찌 그러느냐?"

무시하려고 마음먹으면 얼마든지 그럴 수 있었지만, 이 방 말고는 갈 만한 곳이 떠오르지 않아서 치사토는 천연덕스럽게 앉아 있는 남자를 힐끗 쳐다보면서 물었다.

"일은? 여기 계속 있다가 혼나는 거 아니야?"

"가장 중요한 용무가 있단다."

"용무?"

　치사토의 불쾌함을 아는지 모르는지 코요는 씨익 웃었다.

　치사토는 불길한 예감이 들어 자신이 방에서 나갈까 생각했지만, 곧이어 줄줄이 나타난 인파에 에워싸여 움직일 수 없게 되었다.

　체감상 한 시간—실제로는 그 절반도 채 지나지 않았을지도 모른다.

　지겨우리만치 길게 느껴졌던 이유는 틀림없이 치사토를 제외한 채 오가고 있는 이야기 탓이었다.

"치사토님은 이 색이 참으로 잘 어울리시옵니다."

"네 판단은 언제나 옳다."

"폐하께옵서야말로 치사토님의 피부에 어울리는 옷을 가장 잘 아시는걸요."

　눈앞에서 오가는 말들.

자신에 관해서 말하고 있는데도 남의 이야기 같은 이유는 늘어놓은 기모노가 모조리 여자 옷이라는 점도 있었지만, 또 하나… 정말 큰 문제가 있었다.

'이것이 나와 아키마사의 피로연에서 내가 입을 옷이라고?'

처문이라는, 사흘 동안 처가 될 상대의 집에 들러 섹스하면 그것으로 결혼이 인정되는 이 세계. 지금까지 살았던 세계에서도 외국에는 각양각색의 결혼 풍습이 있다는 건 어렴풋하게나마 알고 있었고, 그것은 그 나라의 상식이라고 이해할 수 있었다.

하지만 치사토의 현재 상태는 더 복잡했다. 일본 헤이안 시대와 비슷한 세계에 홀연히 떨어지게 된 치사토는 본래 이 세계에 없는 존재였다. 치사토는 다채로운 기모노와 눈부시게 화려한 장신구를 앞에 두고 제 얼굴이 점점 새파래져 가는 걸 느꼈다.

이대로라면 정말 이 세계의 천황인 코요의 정실부인 신세가 된다.

'그건… 절대로 싫어!'

별안간 나타난 치사토에게 모든 의식주를 제공해 주는 남자.

확실히, 코요가 자신에게 보여주는 언동 속에서 약간이

나마 배려를 느꼈고, 여러 번 섹스를 당하는 동안 분하지만 기분이 좋기도 했다.

그럼에도 그것을 웃도는 남자의 횡포는 참기 힘들었고, 애초에 남자끼리 결혼이라니 기가 찼다.

무엇보다 자신이 살고 있는 세계는 이곳이 아니었다.

코요에게 여러 차례 호소해도 코요는 마치 가벼운 농담처럼 흘려듣거나 최악의 경우에는 몸을 훈계하겠다는 둥 어쩌겠다는 둥 하는 말을 우수수 쏟아내면서 어물쩍 넘겼다.

원래 세계에 돌아가기 위해서라도 결혼이 기정사실이 되는 것은 막아야 했다.

자신을 처음으로 선보이는 피로연을 열겠다는 이야기만 꺼내지 않는다면 이곳은 원래 세계에 돌아갈 수 있는 최적의 장소였지만, 현실적으로는 가장 위험한 곳이기도 했다. 치사토는 무슨 수를 써서라도 도망치겠다는 결심을 한순간도 버린 적이 없었다.

'그런데 왜 이런 일이…….'

부루퉁해 있는 치사토의 어깨에 얼마인지 짐작조차 못할 만큼 비싸 보이는 기모노가 걸쳐졌다.

"이 색도 좋구나."

아까부터 치사토를 종이인형처럼 가지고 놀고 있던 코요

가 갑자기 치사토의 부푼 볼을 손가락으로 찔렀다. 치사토가 폼 하고 숨을 뱉자 숨죽여 웃는 소리가 들렸다.

"언제까지 아이처럼 토라져 있을 참이냐. 주위를 보거라. 사람들이 웃고 있구나."

"그러거나 말거나!"

누구 때문에 이렇게 유치하게 화를 내고 있는 건지 모르는 걸까? 번번이 자신을 무시하는 눈앞의 남자에게 항의법마저 비난당한 것 같아서 치사토는 더욱더 입을 굳게 다물고 미간을 찡그렸다.

하지만 코요에게는 화난 표정이 전혀 통하지 않는 것 같았다.

"치사토가 더 어른스러우면 좋으련만."

마치 자신이 나쁘다고 말하고 있는 것 같은 투에, 치사토는 한숨 섞인 코요의 말을 다 들었다는 듯 미심쩍은 눈초리로 바라보았다.

애초에 아이를 상대로 그렇게 진한 섹스를 하느냐며 반론하고 싶었지만, 입 밖에 꺼냈다간 당연하다고 반격할 게 뻔했다. 무엇을 해도, 무엇을 말해도, 이 남자는 자신에게 가장 유리한 해석을 내리기 때문에 말로 이길 생각은 없었지만, 그럼에도 일단 가장 중요한 점만은 반발했다.

"난 아이가 아니야!"

아직 학생. 제대로 된 어른이라고 하기에는 다소 경험이 부족하다는 점은 부정할 수 없었으나, 코요의 어조에는 초등학생 수준이라고 하는 듯한 뉘앙스가 강하게 담겨 있어서 그 점만큼은 단호하게 항의하고 싶었다.

하지만 코요는 그런 치사토를 보며 의미심장하게 웃었다. 치사토는 그 입에서 무슨 말이 나올지 몰라 경계했다.

"노래는 읊지 못하겠지?"

"노래?"

"어른의 취미다."

그런데 여기서 왜 노래가 나오는 거야!

유행가는 자신 없었지만, 그래도 음치라는 소리는 듣지 않았다. 괜한 트집 잡지 말라고 되받아치려다가 치사토는 문득 코요의 말에서 걸리는 부분을 발견했다.

'읊는다니?'

보통 노래는 부른다고 말한다.

'…노래를 부른다고 하지 않았어.'

분명히 한 곡이라고도 하지 않았다.

'그러니까… 노래를 읊는다는 건… 카루타(일본의 전통 카드놀이로 짤막한 문장 또는 고전 시가가 적혀 있다)? 앗!'

"백인일수(百人一首, 옛 시인 백 명의 시조를 한 수씩 시대 순으로 나열한 고전 시집)!"

코요가 말하는 노래란 어쩌면 와카(和歌)를 말하는지도 모른다. 현대인인 치사토가 그런 걸 읊지 못하는 건 당연했다. 그래도 이대로 물러서자니 분한 기분이 들었다. 뭐든 제멋대로 하면서 자신을 아이 취급하는 이 남자에게 한 방 먹이고 싶어졌다.

새로 시를 지을 수는 없지만, 치사토에게는 이 남자에게 없는 지식이 있었다. 기억을 파헤쳐서 백인일수 중에서도 유명하고, 자신이 기억하고 있는 시를 읊었다.

'그러니까 아마……'

"흠흠… '연모한다는 풍문이 눈 깜짝할 새 퍼지누나, 아무도 모르게 살며시 품었거늘'."

남자인 자신이 연애시라니 살짝 민망했지만, 평소 쓰지 않는 단어인 탓인지 자연스레 낭독하는 말투가 되었다.

'그래도 일단 뜻은 통했겠지?'

"……."

"……."

'어랏?'

자신만만해하던 치사토였으나, 코요와 마츠카제는 놀란 듯 눈이 휘둥그레져서 잘했다느니 못했다느니 가타부타 말이 없었다.

'…이 세계에서는 통하지 않는 건가? 그렇지만… 처문은

헤이안 시대의 풍습이었던 게 확실한데…….'

자신의 지식이 잘못된 건지, 그것도 자신 없어져서 치사
토는 말하지 말걸 하고 후회했다. 아무리 헤이안 시대와 흡
사한 세계일지라도 문화에는 공통점이 없는 걸까?

그러나 치사토는 만약을 위해 기억하고 있는 시를 하나
더 낭독했다.

"'감추었으나 낯빛에 드러났구나, 내 연정은 누구를 그
리느냐 주위에서 물을 만큼'."

이것도 유명한 노래다.

치사토는 확인하듯 코요의 얼굴을 물끄러미 바라보았
다.

＊　　　＊　　　＊

'놀랍군…….'

코요는 치사토를 뚫어지게 쳐다보았다.

그저 순진한 아이로 여기고 있었는데 이처럼 강렬한 연
가를 읊으리라고는 상상조차 하지 못해서, 코요는 무심코
느슨해진 입매를 숨기듯 부채로 가렸다.

'이것으로 속마음까지 알 수 있다면 기쁘겠지만.'

코요를 거부하는 주제에 이리도 뜨거운 마음을 발산하다

니 자신을 향한 것이라고 착각마저 하고 싶어졌다.

"…나를 향한 노래이더냐?"

"아키마사에게라기보단…… 엄청 유명한 노래인데."

예상대로 치사토는 무정한 말을 내뱉었다. 하지만 코요가 마음에 걸린 것은 다른 말이었다.

"유명하다고?"

'그렇다면 어디서 인용했다는 뜻인가?'

치사토가 태어나고 자란 천계에 대해서는 모르지만, 그중에서도 우아한 놀이는 통하는 것이 있는 듯했다. 치사토가 직접 지은 노래가 아니라는 점은 아쉬웠으나 그래도 무의식중에 이 노래를 선택했다는 점이 기뻤다.

'여인 같은 면은 있는데…….'

"마츠카제."

코요는 옆에 대기하고 있던 마츠카제에게 시선을 주었다. 노래의 의미를 충분히 이해했을 유능한 궁녀는 씁쓸하게 웃으면서 치사토를 보았다.

"아직 해가 밝은 나절에 들을 노래는 아닌 듯하옵니다."

"옳다."

코요는 방금 치사토가 입에 올린 노래를 마음속으로 되뇌면서, 펼쳐져 있는 화려한 옷에 눈길을 돌렸다.

치사토가 내켜하지 않는 건 알고 있었지만, 눈앞의 현실을 보고 빨리 마음을 굳히길 바랐다. 아무리 달아나려 해도 이미 늦었다. 그 몸은 천황의 황후가 될 것이라고, 하늘에 돌아가는 것은 포기할 수밖에 없다고.

코요에게 치사토는 이제 더할 나위 없이 소중한 존재로 자리 잡아 있었다.

치사토가 바라는 것은 뭐든지 이뤄주고 싶었고 그로 인해 기뻐하는 얼굴을 보고 싶었다.

하지만 본래 남자인 치사토는 옷에도 관심이 없었고, 눈부신 장신구에도 흥미를 보이지 않았다. 표정이 풀어질 때는 식사 시간과 그 못생긴 고양이를 볼 때뿐이지 자신에게는 거의 부루퉁한 얼굴만 비췄다.

이번 피로연을 탐탁지 않게 여기는 것도 충분히 알고 있었으나 그럼에도 강행하는 이유는 치사토를 놓치지 않기 위해서다. 코요의 황후로서 널리 얼굴을 알리게 되면 치사토 주위에는 지금보다 더 지켜보는 눈길이 따라다니게 된다. 코요의 눈을 피해 이 저택에서 빠져나가기가 더욱 곤란해질 것이다.

그러나 치사토가 쉽게 포기하리라고는 생각하지 않았다.

'무슨 수를 써서라도 도망가려 하겠지만.'

도망가는 치사토를 보면 물론 기분이 썩 좋지 않았다.

그 반면에 순종적이지 않고 천하의 천황으로부터 달아나려고 하는 그 대담한 행동이 재미있기도 했다.

치사토는 지금껏 코요가 느끼지 못했던 다양한 감정들을 겪게 해주는 귀중한 존재이기 때문에, 그것 하나만으로도 놓아줄 생각은 추호도 없었다.

"치사토, 마음에 드는 것이 없느냐?"

"…여자 기모노 따윈 뭐가 좋고 나쁜지 모른다고."

주위를 건성으로 둘러보는 치사토의 표정에 지금 심정이 고스란히 드러나 있었다. 코요가 보기에는 하나같이 치사토의 피부색에 잘 어울리는 아름다운 기모노뿐이었지만, 치사토는 아예 그렇게 생각하지도 않고 있는 듯했다.

"그래도 좋아하는 색이나 무늬는 있을 것 아니냐."

"내가 좋아하는 색은 흰색이나 파란색이나 검정! 여기에 있는 기모노처럼 금색, 빨간색, 보라색 같은 건 내 취향이 아니야!"

발작을 일으킬 듯 소리 지르던 치사토가 고개를 휙 돌렸다.

그것을 보고 땅이 꺼져라 한숨 짓던 코요가, 지금까지 자신들의 대화를 들으며 즐거운 듯 풀어진 입매를 애써 추스르던 마츠카제를 보며 말했다.

"연회복은 맡겨도 괜찮겠느냐?"

"네. 치사토님께 잘 어울리면서도 폐하께옵서 좋아하시는 색으로 고르겠나이다."

"부탁하마. 이제 얼마 남지 않았다."

코요에게는 까마득히 멀게 느껴졌지만, 준비하는 사람들에게는 몸이 열 개라도 모자랄 지경인 날이 이어졌다.

그 가운데에서도 치사토의 시중을 도맡고 있는 마츠카제가 막중한 부담을 떠안고 있었는데, 그래도 그녀는 젊은데도 두뇌 회전이 빠르고 세심하며, 치사토가 마음을 터놓고 있는 눈치라서 다른 궁녀를 붙일 생각은 없었다.

코요 입장에서는 치사토와 접하는 사람을 최소한으로 줄이고 싶었고, 마츠카제는 여러 사람의 몫을 해내는 든든한 아군이었다.

"하면, 치사토. 밤에 보자꾸나."

"알았어, 알았어."

코요는 얼굴도 보지 않고 손을 흔드는 치사토에게 다소 서운해하면서 일어섰다. 언제까지고 사랑하는 이와 즐겁게 보내고 있을 시간은 안타깝지만 없었다.

*   *   *

코요가 방에서 나가자 치사토는 가까스로 안도의 한숨을

쉬었다.

딱히 답답했던 것은 아니었지만, 치사토가 백인일수를 읊은 뒤 코요의 분위기가 조금 달라진 듯한 느낌이 들어서 왠지 모르게 어색했던 것이다.

'아무래도 잘못 골랐나 봐.'

사랑을 노래한 시라는 것은 알고 있었지만, 본래 백인일수는 연애시가 많았고, 치사토는 본인도 이런 노래를 알고 있다는 식으로 말한 것이지 그 외에 다른 뜻은 전혀 없었다.

하지만 저 남자라면 자신이 유리한 쪽으로 오해했을 가능성이 높았다.

"폐하께 그런 어투를 쓰시는 분은 치사토님 말고는 아무도 없을 것이옵니다."

"응?"

생각지도 못한 마츠카제의 말에 치사토는 고개를 갸우뚱했다. 말투가 다소 거친 점은 인정하지만, 그래도 자신 이외에는 없다는 것은 과장이 아닐까?

그런 치사토의 표정에서 의문을 읽었는지, 마츠카제는 소맷자락으로 입매를 가렸다. 눈가가 풀어진 모습을 보니 아마 웃음을 감추고 있는 모양이다.

"마츠카제~"

"치사토님, 단 간식을 준비할까요?"

기분을 바꿔주려 했는지 마츠카제는 복도에 대기하고 있던 궁녀들에게 차를 내오라고 일렀다. 그 마음은 당연히 고마웠지만, 먹을 것으로 회유하려는 속셈이 숨어 있는 듯 느껴지는 건 기분 탓일까?

'뭐… 하긴 낙이라고는 그거 하나뿐인걸.'

문득 시선을 돌린 치사토는 정원을 걷는 남자의 모습을 발견했다. 이 광려전을 경비하는 사람이겠거니 생각함과 동시에 한 가지 생각이 머릿속을 스치고 지나가서 입을 열었다.

"저기, 부탁이 있는데."

"부탁, 말씀이시옵니까?"

"응."

"제가 할 수 있는 일이라면 괜찮사옵니다만, 폐하께 허락을 받아야 하는 것이라면…….."

"전~혀! 간단한 일이야!"

특별히 그 남자의 허락을 받아야 할 만큼 대단한 부탁은 아니었다. 치사토는 고개를 갸우뚱거리는 마츠카제에게 웃으면서 말했다.

"이 안에는 어떤 일터가 있는지 보고 싶어."

"일터…….."

또 이상한 곳에 간다며 비웃음을 살 각오를 했지만, 마츠카제는 웬일인지 난처한 표정으로 가만히 쳐다보기만 했다.

"…안 돼?"

"안 된다기보다는… 관청을 보시고 싶은 까닭이……."

이 세계에 온 뒤로 치사토는 세계사를 제대로 공부했어야 했다고 셀 수 없을 만큼 후회했다. 공부가 싫은 건 아니었지만, 정확하게 답이 나오는 수학과는 다르게 관점이 다양한 역사나 국어는 젬병이었다.

그래도 일단 꾸준히 평균 점수는 받았었지만, 이곳에서는 그 정도로는 아는 축에도 끼지 못했다.

'분명히 장인두(藏人頭)라고 했는데, 무슨 직업인지 전혀 모르겠어…….'

넓은 이 광려전 안에 대체 얼마나 많은 직종이 있을지는 상상도 가지 않았지만, 물론 전부 보여달라는 건 아니었다. 치사토가 만나고 싶은 그 사람이 어디서 일하고 있는지 모르기 때문에 부탁한 것이었다.

이 세계의 최고 권력자인 코요를 거역하고 자신이 도망칠 수 있게 도와주었던 사이죠 키요시게(西條淸重).

그날 이후로 감사 인사도 제대로 하지 못한 것이 내내 마음에 걸렸지만, 당연히 코요에게는 묻기가 망설여졌다.

분명 코요가 다른 사람에게도 함구령을 내렸을 테니 치사토가 직접 움직이지 않으면 아무것도 알아낼 수 없었지만, 물론 그 누구에게도 그때의 일을 밝힐 수는 없는 일이었다.

아무튼 우선은 가능성이 높은 장소를 제 발로 둘러보고 싶었다.

"마츠카제."

자신이 왜 그런 부탁을 꺼냈는지, 마츠카제가 의도를 알아차리지 못하게 속여야 했다. 그녀가 긍정적인 방향으로 오해해서 코요를 위해 공부하려는 걸까 하고 생각해 주었으면…… 그런 바람으로 조용히 눈을 바라보았다.

잠시 후 마츠카제는 치사토와 똑바로 눈을 맞춘 채 시원스러운 눈매에 의혹의 빛을 띠며 대답했다.

"…지금까지 폐하의 총애를 받으셨던 분 중에 그렇게 말씀하시는 마마님은 없으셨지요."

"그야 난 남자잖아."

보호받고 있을 뿐이지 착한 여자와는 입장이 다르다는 의미를 담아 말하자 직설적인 마츠카제도 더 이상 할 말이 없는 모양이다.

"그것은 그렇지만……."

다만 선뜻 찬성하기 어려운지 마츠카제의 반응이 뜨뜻미

지근했다. 하지만 그녀가 거절한다면 따로 부탁할 사람도 없기 때문에 치사토는 간곡하게 부탁했다.

"부탁해!"

나중에 들키게 되더라도 코요에게는 되도록 비밀로 해두고 싶었다. 머리가 좋은 그 남자는 치사토의 이 부탁 하나만으로도 목적을 알아챌 것이다. 그렇게 되면 더더욱 움직이기 힘들어진다.

'절대 방해받고 싶지 않아.'

"부탁이야, 마츠카제!"

치사토가 머리를 숙이며 간청하자 마츠카제가 난감한 표정을 지었다. 코요에게 의논해야 할 일인지 고민하고 있을지도 모른다고 생각한 치사토는 퍼뜩 묘안이 떠올라 말투를 바꿔보았다.

"아키마사의 아, 아내가 되려면 이 세계에 관해 알아두는 쪽이 낫겠다고 생각했어. 그러기 위해서 여기서 어떤 일이 일어나고 있는지 내 눈으로 직접 확인해 보고 싶어. 응? 마츠카제!"

"치사토님……."

다정하게 대해준 마츠카제에게 거짓말은 하고 싶지 않았으나 이것도 원래 세계에 돌아가기 위한 것이라고, 치사토는 진지하게 설득하며 머리를 숙였다.

이토록 애원하는데도 마츠카제는 좀처럼 대답하지 않았다. 그녀 역시 머리가 좋으니 치사토의 말을 곧이곧대로 믿지는 않을 것이다. 하지만 그 반면에 진심이라고 믿어주기만 한다면 코요의 충실한 신하인 그녀는 치사토에게 협력을 아끼지 않을 터였다.

치사토는 마츠카제의 판단이 어느 쪽으로 기울 것인지 숨죽이고 대답을 기다렸다.

"…알겠사옵니다."

"마츠카제."

"그렇게까지 폐하와 이 나라를 생각해 주시고 계신다니 제가 반대할 이유가 없사옵니다."

마츠카제는 아무래도 치사토의 거짓말을 믿는 모양이었다.

"하오나 그 차림으로는 조금… 눈에 띌 것이옵니다."

"이, 이거?"

치사토는 제 모습을 내려다보았다. 현대에서는 확실히 눈에 띄는 옷차림이겠지만, 이곳에서는 마츠카제를 비롯해 많은 여인이 비슷한 기모노를 입고 있었다. 오히려 눈에 띌까 걱정하는 이유는 아무래도 치사토가 입고 있는 기모노가 다른 옷들과 조금 다르기 때문인 것 같았다.

"치사토님이 입고 계신 옷은 폐하께옵서 친히 엄선하신

최고급품입니다. 눈썰미 있는 이가 본다면 치사토님께서
특별한 분이시라는 것을 금세 알 수 있사옵니다."

"……."

'그렇게 비싼 기모노였어?'

치사토는 전혀 모르는 고급품도 이 세계 사람이라면 한
눈에 판단할 수 있는 것 같았다. 솔직히 대단하다고 느낀
치사토에게 마츠카제는 말을 이어갔다.

"지난 번 대반소(臺盤所)에 들르셨을 때도 모두들 호기심
어린 눈으로 쳐다보았사옵니다. 폐하의 눈길이 미치는 이
곳에서 위험한 일이 일어나지는 않을 것이옵니다만, 조심
또 조심하시는 것이 좋으리라 사료되옵니다."

"그럼 어떻게 하면 좋을까?"

그렇게까지 할 필요는 없을 것 같은데 여기서 부정하면
일이 진척되지 않기 때문에 치사토는 마츠카제에게 의지하
듯 되물었다.

마츠카제는 생각에 잠긴 듯 눈을 내리깔았지만, 문득 좋
은 생각이 떠오른 듯 고개를 들었다.

"…아, 맞아요. 이전에 폐하와 말을 보러 가실 때 입으셨
던 사동 복장을 하시지요. 그리고 제 친척이라고 하시고 이
름은 숨기시고요."

말을 보러 갔을 때 입었던 복장이라면 치사토도 대찬성

이었다. 가볍고 움직이기 편한 그 옷이라면 기모노를 입고 있을 때와는 비교도 되지 않을 만큼 자유롭게 돌아다닐 수 있었다.

남장… 아니, 원래 남자라서 남장이라고 하기에도 우스웠지만, 치사토는 마츠카제가 내놓은 제안이 무척 마음에 들었다. 이런 치렁치렁한 기모노 차림새로 코요의 아내랍시고 저택 안을 돌아다니고 있으면 사람들이 경계하는 것도 당연했다.

게다가 소년의 모습을 하고 있는 쪽이 여러 사람들에게 말을 걸기도 쉬웠다.

들뜨는 마음을 참지 못하고 치사토는 가까이 다가가서 말했다.

"응, 부탁해!"

"…이럴 때만 귀엽게 애원하시면 곤란하옵니다."

코요에 대한 평소 태도를 넌지시 비난받았지만, 그것도 기쁨으로 상쇄되어 전혀 신경 쓰이지 않았다.

그것보다 그 옷의 여벌을 받아 숨겨놓을 만한 곳이 있을지 고민되었다. 막상 행동을 시작할 때―예를 들면 전에 저택을 빠져나갔을 때 같은 그런 불편은 다시 겪고 싶지 않았다.

"저기, 마츠카제. 그 옷 여러 벌 준비할 수 있어?"

"사동 옷을 말씀하시옵니까?"

"응."

"…어찌하여 그런 생각을?"

아니나 다를까, 마츠카제는 무언가를 살피는 듯한 눈빛으로 쳐다보았다. 말 한마디 까딱 잘못했다간 제안을 취소할 수도 있었다.

'큰, 큰일 났다.'

이제 와서 그것만은 피해야 한다고 치사토는 열심히 핑계를 댔다.

"그, 그냥 편해서 그래. 물론 아키마사 앞에서는 입지 않을게……."

"……."

"진짜야!"

점점 언성을 높이는 치사토를 어떻게 생각한 것인지, 마츠카제는 쓴웃음을 지으며 동의해 주었다.

"그렇게 해주십시오. 폐하께옵서는 치사토님께서 어여삐 꾸미고 계실 모습을 기대하며 오시옵니다. 물론 그야 치사토님을 아끼시기 때문이지요. 부디 폐하의 그 어심을 헤아려 주시옵소서."

"…응."

마츠카제에게 따로 들을 필요도 없이 코요가 자신을 특

별하게 생각한다는 것은, 그 방식이 상당히 잘못되었지만 느끼지 않을 수 없었다.

하지만 자신은 이 세계 사람도 아니고 더군다나 여자도 아니다. 코요와 결혼해 이 세계에서 계속 살아갈 수는 없었다.

'미안, 마츠카제.'

친누나처럼 따뜻하게 돌봐주는 마츠카제에게는 미안했지만, 치사토는 이대로 고분고분 피로연에 나갈 생각은 없었다.

다음 날, 마츠카제가 준비한 남자용 기모노로 갈아입은 치사토는 그런 제 모습을 내려다보며 괜스레 실실 웃었다. 역시 이 차림이 편했다. 그 무거운 가발만 벗어도 아주 가뿐했다.

"그래. 난 남자야."

들뜬 목소리로 새삼 강조하자 바짓단을 매만지고 있던 마츠카제가 딱 잘라 못을 박았다.

"아무리 모습을 바꾸셨다 하더라도 황후님의 지위는 잊지 마시옵소서."

"네~에."

지금은 마츠카제의 설교도 한귀로 듣고 한귀로 흘렸다.

이 모습으로 다닌다면 치사토의 신분을 아는 사람은 마츠카제뿐이었고, 다른 사람이 그것을 추측하기란 불가능했다.

'더욱이 이번에는 황후로 보이지 않는 게 중요해.'

코요의 아내에게는 말을 걸지 못하는 사람들도 마츠카제가 데려온 평범한 소년에게는 마음 놓고 말을 걸어줄 터였다. 그것을 기대하고 치사토는 만면에 웃음을 띠며 마츠카제를 돌아보았다.

"그럼, 갈까?"

신이 난 치사토의 목소리를 어떻게 생각한 것인지, 마츠카제는 뭐라고 형용할 수 없는 표정으로 한숨을 쉬었지만, 바로 치사토를 데리고 지금까지 한 번도 가본 적 없는 광려전 깊숙한 곳으로 안내해 주었다.

"치사토님이 가장 자주 접하는 분들은 호위 역의 위문(衛門)과 내사인(內舍人), 이분들 역시 궁중을 경호하고 잡무를 담당하는 분들입니다만, 그 외에는 광려전에 발을 들일 수 없으니 만나실 일이 거의 없을 것이옵니다."

마츠카제의 말에 따르면 이 나라에서 가장 위대한 사람, 코요 아래에는 성(省)이라고 불리는 관청이 몇 개로 나뉘어 있고, 그곳에서 잔가지처럼 사람 수가 늘어난다고 했다. 마츠카제는 그중에서도 지위가 높은 사람이나 항상 호위해

주는 익숙한 사람들 정도만 이름을 알고 있는 것 같았다.

모두의 이름을 외우는 것은 과연 무리인 줄은 알지만, 범위가 극히 한정된 셈이었다.

"전에 언뜻 들은 것 같은데⋯⋯."

치사토는 빙 둘러 말하기가 귀찮아서 단도직입적으로 말을 꺼냈다.

"장인두라는 직위인 사람이 있지?"

"천황을 측근에서 보필하는 장인의 차관이옵니다. 무관과 문관에서 한 분씩 선발됩니다. 무관은 두중장(頭中將), 문관은 두변(頭弁). 현재 두중장이신 분은 좌대신(左大臣)인 사이죠님의 장남이신 키요시게님이시고, 두변은 칸노 히로타카(管野浩孝)님이십니다."

기억을 더듬듯 설명하는 마츠카제의 말에 치사토는 옷매무새를 가다듬는 척하면서 머릿속으로 몇 번이고 되뇌었다.

'역시 틀리지 않았어.'

장인두⋯ 다른 명칭으로는 두중장이라 불리는 그는 역시 사이죠 키요시게였다. 이 이름을 확인하기 위해 치사토는 오늘 일을 꾸몄다.

지난 번 코요에게서 도망쳤을 때 자신을 숨겨준 사람. 결국 순식간에 뒤쫓아온 코요에게 잡혀서 야외에서 참혹한

꼴을 당하고 말았다.

'우, 우앗, 기억해 내지 말라고, 나!'

기억이 하나로 연결돼 있어서 키요시게를 떠올리면 동시에 우차 안에서 코요가 자신을 강제로 안았던 그 일까지 선명하게 되살아났다. 세 번째 처문을 막으려고 달아난 것이 었는데도 코요는 장소를 바꿔서까지 성취하고 말았다.

대립하는 정적의 집으로 도망쳐 숨은 것이 나쁜 작전은 아니었으나 코요는 그것을 뛰어넘는 집념으로 치사토를 발견해 낸 것이다.

하지만 만약 그때 성공했더라면 지금쯤 원래 세계로 돌아가 있었을지도 몰랐다. 비록 원래 세계로 돌아가는 일은 불가능하다 할지라도, 적어도 남자의 아내라는 복잡한 신세는 되지 않았을 것 같았다.

'그 사람은 아키마사에게 좋은 감정을 갖고 있는 것처럼 보이지 않았으니까, 다시 한 번 제대로 이야기해서 계획을 세운다면 돌아갈 조건이 갖춰질 때까지 다른 곳에 숨겨줄지도 몰라.'

그 계획이 정말로 성공할지 실패할지는 알 수 없었다. 그러나 코요의 아내로서 살아가야 하는 현재 처지가 답답했다.

'빨리 하지 않으면……'

지금 자신의 감정은 너무나도 위험했다.

키요시게를 만났을 때는 진심으로 코요로부터 도망가고 싶어서 증오스럽다고 느끼기까지 했었는데, 지금의 자신은 그만큼 코요를 미워하지는 않았다.

그에게 안기면 아픔과 혐오가 아닌 감각이 엄습했다. 오히려 제 쪽에서 쾌감을 탐하게 되었다. 남자의 몸을 여자처럼 바꾸고 마음마저 함께 변화한다면… 그렇게 생각하는 것만으로도 두려웠다.

빨리, 조금이라도 빨리 코요 곁에서 멀어지지 않으면 정말로 이 세계에서 돌아가지 못할 것 같았다.

'난 여기에 남을 마음 따윈 눈곱만치도 없다고!'

"수고하십니다."

'……'

장인소(藏人所)에 돌아온 사이죠 키요시게는 인사를 해오는 부하에게 고개를 끄덕였다.

키요시게의 나이에 장인두에 오른 것은 빠른 출세였으나 정작 본인은 제 지위로 만족하지 못했다. 아버지는 좌대신이고 이복여동생인 오오카(櫻花)는 동궁의 여어로 간택되었다.

정실부인의 장남인 내가 이 지위에 머물러 있어야 할까?

터무니없는 상상이 허락된다면 자신이야말로 새 천황감이라고 자부한 적도 있었다.

그 상상은 지난번 우연히 코요의 새 정실인 치사토를 만난 뒤로 더욱 심해진 기분이 들었다. 잠시나마 수중에 들어왔었던 신의 한 수는 어느새 코요가 눈앞에서 가로채어 곧장 데려가 버렸다.

그 직후 정식으로 새 황후가 된 치사토의 이름이 발표되고 피로연도 거행하게 되었다.

키요시게는 피로연에서 코요 천황과 치사토를 지키게 된 신세였다.

'절호의 기회가 이 손안에 들어왔었거늘…… 큭.'

치사토에 관한 소문은 극히 한정된 자만 아는 것이었지만, 키요시게는 제 눈으로 보고 제 몸으로 코요의 집착을 느꼈다.

그 정도의 인물을 왜 눈앞에서 놓쳤을까.

몇 번째인지도 모를 후회로 입술을 깨물었을 때 건널복도 저편에서 잰걸음으로 부하가 돌아왔다.

"사이쇼 키요시게님."

"무슨 일이냐?"

무척 다급한 모습을 보니 무언가 문제가 생긴 것 같았다.

자신보다 정무가 우선이라고 마음을 가다듬은 키요시게

의 귀에 뜻밖의 말이 들렸다.

"광려전의 궁녀가 뵙기를 청합니다. 벌써 이쪽으로 오시는 중입니다."

"광려전?"

광려전은 천황이 사는 곳이다. 그곳의 궁녀가 몸소 장인소까지 찾아오다니 영문을 몰라 고민했으나 외면할 수는 없는 노릇이라 안으로 모시라고 명했다. 신분으로 따지자면 키요시게 쪽이 높았지만, 코요의 위광이 더 강한 광려전의 궁녀를 무시할 수는 없었다.

"일하시는 중에 죄송합니다."

잠시 후 어수선한 방에 낭랑한 목소리가 울려 퍼졌다.

화려한 히토에기누(單衣)를 몸에 두른 아름다운 궁녀가 사동 하나를 거느리고 정중하게 인사했다.

"광려전에서 시중을 드는 마츠카제라 하옵니다. 이 아이는 제 먼 친척뻘이온데 주요 관직에 근무하시는 분들이 어떤 일을 하시는지 보고 싶다고 청하기에……. 실례인 줄 아옵니다만 시간을 조금 내주시겠습니까?"

궁녀 중에서도 광려전에서 일하는 자들은 대부분 지체 높은 가문의 여인들이었다.

거만하고 자신들과 똑같은 처지인 자들을 낮춰보는 여자들도 많은데 이 궁녀는 제대로 예를 갖추었고, 겸손한 태도를 보였다. 애초에 급하게 처리해야 할 업무도 없었으므로 키요시게는 흔쾌히 동의했다.

"괜찮소. 그러리다."

어차피 거절할 수도 없었지만, 마츠카제의 예의 바른 모습에 얼마간 기분이 누그러져서 맞아들였다.

"황공하옵니다. 애야, 허락 받았단다."

"응, 고마워요, 마츠카제."

"……."

'이 목소리… 사내인가?'

사동 옷을 입고 있었기 때문에 남자임은 확실했으나 목소리는 변성기를 거치지 않은 것처럼 미성이었다. 그리고 어디에선가 들어본 듯한 기분도 들었다.

여인인 마츠카제보다 다소 키도 작고 몸집도 가냘픈 것이 참으로 어린아이처럼 보였다.

"수고하십니다."

머리를 숙이며 인사한 소년이 고개를 들었다.

낯익은 얼굴이었다. 아니, 수수한 복장에 머리도 짧고 화장기도 없지만, 순수한 이 표정은 분명 최근에 본 것이었다.

"너……."

"저, 저기 질문해도 될까요?"

키요시게의 말을 가로막듯 질문하며 옆에 다가온 소년은 함께 온 마츠카제를 등지고 서서 검지를 세워 입술에 댔다.

"…안쪽으로 안내하지."

이내 조용히 하라는 신호라는 걸 깨달은 키요시게는 의심을 사지 않도록 그렇게 말하고 그대로 방 안을 안내하는 척 안쪽에 있는 서류 보관실로 향했다.

"먼지가 좀 쌓였는데 괜찮겠느냐?"

걱정하는 척 물으면서 몸을 숙여 옆에 있는 소년에게만 들릴 정도로 자그마한 목소리로 물었다.

"너, 설마 그때?"

"그날은 감사했습니다. 다시 만나게 되서 다행이에요."

활짝 웃는 얼굴이 그때 자신의 집에 온 소녀―지금은 코요의 정실이 된 치사토의 얼굴과 금세 겹쳐졌다.

'천황의 정실이라는 지위인데도……'

확신을 갖고 물었지만, 이 소년이 실제로 그때 만난 소녀라는 걸 깨닫자 키요시게 안에서 온갖 의문이 솟아났다.

소년 차림으로 자유롭게 돌아다녀도 괜찮은 걸까?

아니, 도대체 왜 이곳에 온 것일까?

지금 키요시게는 총애하는 비를 숨기려 했다는 이유로 현 시대의 천황인 코요에게 상당히 의심받고 있는 신세였다. 겉으로 드러나는 처분은 없으나 오히려 눈에 보이지 않는 사슬로 꽁꽁 묶여 있는 듯한 착각마저 일었다.

코요의 눈 밖에 났으니 더 이상의 출세는 절망적이었다. 아니, 어쩌면 내일이라도 현 직위를 박탈당할지도 모른다고 생각하고 있던 중, 치사토의 갑작스러운 등장에 키요시게는 그 속내를 가늠할 수 없어 혼란스러웠다.

하지만,

"장인두가 어디서 일하는지 몰라서요."

키요시게는 그래서 시간이 걸렸다고 말하는 치사토를 물끄러미 응시했다.

'설마… 나를 만나러?'

자신을 만나기 위해 일부러 소년으로 변장하고 이런 곳까지 찾아온 것인가. 분명 자신이 현재 어떤 직위에서 일하는지 이야기했었다. 그것을 기억하고 여기까지 온 것이냐고, 키요시게는 당혹스러워하면서도 한편으로 의심스러운 눈초리로 치사토를 바라보았다.

키요시게는 치사토를 기억하고 있는 것 같았다. 불과 며칠 전에 있었던 일이었지만, 지난번과 옷차림이 사뭇 달랐기 때문에 실제로 반응을 볼 때까지 는 불안해하고 있었던 치사토는 겨우 안심했다.

'나머지는 둘이서 이야기하고 싶은데……'

옆에 따라오고 있지는 않았지만, 등 뒤로 마츠카제의 시선을 똑똑히 느끼고 있었다.

그녀가 이곳에 있는 한 달아날 작전을 세우는 데 협력을 구하기란 좀처럼 어려운 문제였다. 어떻게든 마츠카제를 이곳에서 나가게 할 구실을 짜내야 했는데 우연히도 그 계기가 찾아왔다.

"마츠카제님."

치사토가 머리를 굴리고 있는데 바깥에서 부르는 소리가 들렸다.

일제히 쏠리는 시선에 당황한 기색을 보이며 복도에 서 있는 사람은 늘 치사토의 시중을 들어주는 궁녀 가운데 한 명이었다.

'이름이 사카에(榮)였던가?'

실제로는 남자인 치사토의 시중은 대부분 마츠카제가 들었지만, 그녀가 너무나도 바쁠 때는 사카에가 식사나 옷 갈아입는 걸 돕고 있었다.

아직 열일곱 살로 눈이 약간 나쁜지 때때로 재미있는 실수를 해서 치사토와 마츠카제를 웃게 만드는, 귀족 가문의 셋째 딸이었다.

"무슨 일인가요? 사카에."

마츠카제가 묻자 사카에는 허둥지둥 이야기를 꺼냈다.

"지, 지금, 광려전에 옷 짓는 장인이 오셨습니다. 치사토님의 연회복을 확인하고 싶다 하십니다."

"아… 오늘이었군요."

웬일로 일정을 잊고 있었는지 마츠카제가 난처한 듯 중얼거렸다. 딱히 그런 일은 미뤄도 괜찮다고 해야 하나, 하지 않아도 상관없는데 마츠카제의 입장에서는 그렇지 않은 모양이었다. 마츠카제가 죄송하다며 치사토에게 사과했다.

"모처럼 이곳까지 왔는데 돌아가야겠구나."

"나… 저, 저는 이곳에서 기다릴게요."

치사토는 서둘러 그렇게 말했다.

'굿 타이밍!'

마츠카제를 이곳에서 움직이게 만들 정당한 이유가 마츠카제 쪽에서 날아온 것이다.

비록 코요와 몸을 포갰어도 마음까지 기울진 않았고, 치사토가 이번 피로연에 먼저 협력하지 않으리란 걸 마츠카제는 알고 있다. 그런 자신이 연회복을 맞추러 가기 싫다고 거절해도 하등 이상할 게 없었다.

한편으로 마츠카제는 치사토가 도망쳤을 때에 숨겨준 사람이 키요시게라는 사실을 알고 있을 터였다. 코요에게서 주의를 받았을 법한 마츠카제가 키요시게 옆에 치사토를 남겨두고 쉽게 물러서지는 않을 것이다.

"그리 말씀하셔도……."

예상대로 마츠카제의 말은 부정을 담고 있었다. 이곳까지 와서 포기할 순 없어서 치사토는 괜찮다며 설득했다.

"모처럼 옷도 갈아입었는데 여기서 마츠카제가 데리러 올 때까지 구경하고 있을게요!"

"그렇지만 옷을……."

"마츠카제에게 전부 맡기겠다고요!"

마치 직장 상사처럼 말하는 치사토를 보며 마츠카제는 난처한 듯 눈썹을 찡그렸다. 치사토에게서 눈을 뗄 수도 없고, 그렇다고 여기서 실랑이를 벌이다 정체가 들통 나게 되는 것도 곤란한데…… 그렇게 생각하고 있음이 분명했다.

지금까지 잠자코 옆에서 지켜보고 있던 키요시게가 망설이는 기색을 보이는 마츠카제에게 말을 걸었다.

"마츠카제, 자네의 소중한 친척은 내가 잘 데리고 있겠네. 용무를 마칠 때까지 안심하고 맡겨주시게."

"사이죠님……."

키요시게의 말에 키요시게가 치사토의 정체를 눈치채지 못했다고 여겼는지 마츠카제는 두 사람의 얼굴을 번갈아보다가 포기한 듯 한숨을 쉬었다.

"…여기 꼼짝 말고 있거라."

"네."

"금방 데리러 올 테니 아무쪼록 말씀을 조심하세요."

절대로 코요 천황의 아내라는 사실을 들키지 않게 행동하라. 마츠카제는 그렇게 말하고 있는 것이다.

물론 치사토 역시 키요시게 이외의 사람에게 진짜 성별을 들키면 곤란했기 때문에 그러마 하고 굳게 약속하고 마츠카제의 등을 밀었다.

"하오면 사이죠님, 송구하옵니다만, 잠시 동안 잘 부탁드리겠사옵니다."

"알겠소."

금방 돌아오겠다고 거듭 강조한 뒤, 마츠카제는 사카에와 함께 그 자리를 떠났다. 그렇게 생각해서인지 발걸음이 빨라 보이는 것은 분명 기분 탓만은 아니었다.

'이걸로 됐어!'

생각만큼 시간이 넉넉하지 않을 것 같았다. 조금이라도 빨리 자신의 생각을 키요시게에게 전해야 했다.

마츠카제와 사카에의 모습이 사라질 때까지 그녀들을 배웅하던 치사토는 옆에 있는 키요시게를 돌아보았다.

"도와주셔서 고맙습니다."

감사 인사를 하자 키요시게가 놀란 표정을 지었다. 그렇게 이상한 소리를 한 걸까 하고 반대로 치사토가 당황했다.

"그러니까……."

"……."

"할 말이 좀 있어요."

"…이쪽으로."

키요시게를 따라 걷자 서류 보관소인 방 안쪽에 조그만 방 하나가 더 있었다. 세 평 남짓쯤 될까. 이 시대에 만든 방치고는 보기 드물게 삼면이 벽으로 둘러싸여 있었다.

"이곳에서 잠깐씩 자곤 하지. 우리의 임무는 낮밤을 가리지 않고 언제 무슨 일이 생길지 모르기 때문에 항상 몇 명씩 대기하고 있단다."

"그렇군요."

지금은 아무도 없었다. 치사토가 신기하게 여기면서 두리번두리번 방 안을 둘러보고 있는데 키요시게가 '치사토' 하고 이름을 불렀다.

"너는… 여자냐? 아니면……."

다음 말을 꺼내길 주저하는 이유는 키요시게 본인도 확신이 없기 때문일 것이다. 키요시게의 저택에서 일하는 시녀들은 이미 눈치챘지만, 정작 그는 치사토의 정체를 여태 모르고 있었던 것 같았다. 만약 정말 여자라면 치사토에게 실례를 범하는 일이라고 고민하는 듯한 그 배려에 치사토는 웃으면서 솔직하게 말했다.

"난 남자예요."

"······남자."

어느 정도 예상은 하고 있었겠지만, 새삼 확인하자 키요시게의 눈이 휘둥그레졌다.

'역시 그랬군.'

외양은 기모노와 가발로 속일 수 있다고 쳐도 키요시게는 치사토가 코요에게 안긴 것을 알고 있었다. 창피해 죽을 지경이었지만, 그렇게 소리를 질러댔으니······. 이상한 소리를 들었다면 치사토가 여자라고 확신하고 있었대도 어쩔 수 없었다.

아니, 애초에 남자가 천황의 정실이라고 자칭하는 것이 있을 수 없는 일이었다.

"···폐하의 정실이란 이야기는?"

"······인정하기 싫어요."

"진심이냐?"

키요시게의 눈빛이 치사토를 몇 번이나 훑고 있었다.

"내가 변태라고 생각해요?"

"변······ 태?"

아무래도 말뜻을 모르는 모양이다. 새삼 설명하기가 창피해서 치사토의 목소리가 저절로 기어 들어갔다.

"남자인데, 그, 아키마사에게······."

"그건 유별난 일이 아니다."

"헤엑?"

뜻밖의 대답에 해괴한 소리가 나왔다.

"겉으로 드러나진 않으나 신분이 높은 자들 가운데 사내를… 사원의 미소년을 비롯해 귀족들이 사내를 숨겨두었다는 풍월은 종종 듣는다. 하나 폐하의 정실이신 분이 사내였을 줄이야……."

"아, 역시 이상하죠? 나도 이상하다고 생각해요."

'하지만 그 자식이 듣질 않는단 말이야…… 윽.'

키요시게는 잠시 침묵했다. 무언가를 고민하는 듯한 그 표정에 치사토도 선뜻 말을 걸기 힘들었다.

"…아, 그랬군."

그리고 그가 갑자기 이해가 갔다는 듯한 감탄사를 흘렸다.

"뭐, 뭐가요?"

"폐하께서 총애하는 비를 숨겼는데도 내가 아무런 문책을 받지 않았던 이유 말이다. 최소한 강등, 최악의 경우 멸문을 당해도 항변할 수 없을 정도의 중죄를 용서한 것은 결국 네가 남자라는 사실을 입막음하려는 속셈이었군."

치사토에게는 그다지 와 닿지 않는 이유였지만, 키요시게는 이미 완전히 납득한 것 같았다. 키요시게가 다시 치사토에게 물었다.

"…그래, 이번에는 무슨 용건이 있어 나를 찾았느냐?"

경계하는 모습이 고스란히 드러나는 싸늘한 태도에 의욕 넘치던 마음이 한풀 꺾였다. 지난번 멋대로 뛰어들어서 폐를 끼친 일은 충분히 반성하고 있지만, 이 세계에서 의지할 만한 사람이 달리 떠오르지 않았다.

"그, 그때 일은 아직 포기하지 않았어요."

"……."

"믿지 않으시겠지만 난 이 세계, 이 나라 인간이 아니에요. 이대로 아키마사 옆에서 평생 살 순 없어요."

"치사토……."

"원래 세계로, 내가 살았던 곳으로 돌아가고 싶어요……. 부탁해요. 도와주세요!"

말하는 사이에 감정이 격해졌다. 코끝이 찡하고 눈시울이 뜨거워졌다. 눈물이 나오려는 것을 애써 참으면서 머리를 숙이자 냉정한 목소리가 들렸다.

"…천황의 정실 자리를 버리겠다는 것이냐? 이 세계에서 가장 높은 지위의 여인이니라."

그것이야말로 지금 자신과는 가장 관계없는 자리였다.

"난 여자가 아니에요."

"폐하가 싫으냐?"

그렇다고 고개를 끄덕이려 했다. 하지만 치사토는 그러

지 못했다. 희미하지만 코요에 대해 부정적인 감정 이외에 다른 마음이 싹트고 있다는 것을 무시할 수는 없었기 때문이었다.

하지만 그럼에도 불구하고—

"…난 돌아가고 싶어요."

'그래, 내 목적은 돌아가는 거야.'

치사토는 몇 번이고 자신을 타일렀다.

설령 코요를 끝까지 싫어하지는 못할지라도 그것은 몸의 쾌감이 착각을 일으키는 것뿐이었다. 코요에게 안길 때까지는 그 누구의 감촉도 모르던 자신이 처음 눈뜬 욕정에 빠져 허우적대고 있는 것이었다. 원래 세계에 돌아가면 반드시… 잊을 수 있다.

함께 말을 보러 갔던 것도, 치쿠와를 먹었던 것도, 고양이를 기르도록 허락해 준 것도, 하나도 남김없이 모조리 기억에서 지워주겠다.

"…치사토."

"아, 네."

희미하게 흔들리는 제 마음에 동요하고 있던 치사토는 키요시게가 부르는 소리에 퍼뜩 고개를 들었다.

"내가 네게 무엇을 해줄 수 있을까?"

"…네?"

그 의미를 바로 깨닫지는 못했다. 하지만 방금 전까지 냉랭했던 분위기와 사뭇 다르게 진지한 눈빛으로 바라보는 키요시게의 얼굴을 물끄러미 바라보고 있으니, 치사토의 마음속에 그의 말이 차츰 스며들었다.

"…그렇다면?"

"아무래도 이대로 폐하께 지기가 분하단 말이야. 천하의 천황을 농락할 수 있다면 이 목숨을 걸어도 아깝지는 않을 것이야. 폐하의 눈 밖에 나서 이 이상 출세하기도 불가능할 테니 다른 방향으로 힘을 발휘해 보는 것도 좋겠지."

"사, 사이죠 씨."

'이런, 목숨까지 걸지 않아도 되는데.'

모든 사정을 알고서도 이렇게 도움을 주겠다고 말해주는 건 고마웠지만, 자신의 일로 키요시게의 목숨이 위험에 빠지게 되는 상황까지는 고민하지 않았다. 요점은 피로연에서 많은 사람들에게 얼굴이 알려지기 전에, 돌이킬 수 없을 만큼 코요에게 사로잡히기 전에, 이 세계에서 어떻게든 원래 세계로 돌아갈 조력자가 필요했던 것뿐이었다.

'…단순한 비유겠지?'

정말로 목숨을 걸 리가 없었다.

치사토의 걱정 따윈 아랑곳하지 않고 키요시게는 벌써 마음을 굳힌 듯 후련한 표정을 짓고 있었다.

"계책을 고민해야겠구나. 일단 네가 한번 빠져나갔었던 것도 관계있을지 모르나 피로연이 열리는 날은 경비가 평소보다 두 배로 강화될 것이다."

"두, 두 배……."

상상은 하고 있었지만, 역시 가장 높은 사람인 코요 천황의 피로연에는 상당히 많은 인원이 할애된 것이다. 이런 일을 벌일 거라면 다른 일에나 신경 쓰라고 독설을 퍼붓고 싶어졌다.

"경호 책임자는 좌근위대장(左近衛大將)인 나카츠카사(中司)님이다. 그분은 성실하고 빈틈없는 분이라 쉽게 광려전에서 빠져나가기는 어려울 성싶구나."

"우와……."

'나카츠카사가 그런 사람이었구나.'

골치 아픈 일이 더 늘었다.

치사토도 여러 번 만나보았기 때문에 나카츠카사의 성격은 어느 정도 알고 있었다. 코요의 어릴 적 친구이자, 밉상인 남자였다. 고지식해 보이는 그 남자라면 자신의 임무에 충실할 테고 그것이 친구를 위한 일이라면 더욱 열의를 불태울지 모른다. 그렇게 되면 이 저택에서 쉽게 나갈 수 없다고 말하는 키요시게의 조언에 동의했다.

'그 사람의 눈을 피할 방법이 문제로군.'

실제로 움직이는 사람은 코요가 아니라 나카츠카사다. 그 남자를 따돌리려면 어떻게 해야 할까.

"어찌할까……."

"어쩌지……."

단순한 생각일지도 모르지만, 되도록 주위 사람들에게 피해를 입히고 싶지 않았다. 특히 마츠카제가 문책 받는 일 만큼은 절대로 피하고 싶었던 치사토는 먼저 이 문제부터 해결해야 할 것 같았다.

*   *   *

치사토의 연회복이 도착했다는 보고를 받은 코요는 정무를 놓아두고 재빨리 광려전으로 돌아갔다. 이렇게 복잡한 준비가 물 흐르듯 순조롭게 진행되어가는 것이 눈에 보이자, 치사토가 제 것이 된다는 사실이 실감나서 한층 흥분됐다.

"마츠카제."

치사토에게 배당된 방으로 향하자 그곳에는 마츠카제가 궁녀들과 함께 휘황찬란한 옷을 들고 화려한 감탄사를 지르고 있었다.

"폐하."

궁녀들은 코요를 향해 일제히 절했다. 코요는 방 안에 들어가 펼쳐진 옷을 보고 흡족한 듯 미소 지었다.

"아름답구나."

"네. 살결이 희고 청순하신 치사토님에게는 색이 짙고 무늬가 큰 옷이 잘 어울리시옵니다. 폐하께옵서 주문하신 옷이 하나같이 잘 어울리셔서 어느 것을 입으셔도 참석하는 분들의 눈길을 사로잡으실 것이옵니다."

마츠카제의 칭찬에 코요는 크게 고개를 끄덕였다. 천황인 자신에게도 딱 부러지게 의견을 말하는 마츠카제의 칭찬이라면 솔직하게 받아들일 수 있었다.

자신을 위해 아름답게 치장한 치사토의 모습이 눈앞에 선명하게 떠올랐다.

'하나 분명 얌전히 굴지는 않을 텐데…….'

아름다운 차림새와는 정반대로 뾰로통한 아이 같은 표정을 상상하곤 살며시 미소 짓던 코요는 주위를 둘러보며 치사토의 모습을 찾았다. 상황이 진척되어 가는 것에 쓸데없이 저항하느라 방 안쪽에서 반항하고 있는 줄 알았는데 어쩐지 숨어 있는 낌새도 아니었다.

"치사토는? 안쪽에 있느냐?"

"아, 아닙니다. 치사토님은 이곳에 계시지 않사옵니다."

"없다고?"

그 순간 기분 좋았던 코요의 미간에 주름이 패였다.

"어디에 있느냐?"

코요의 목소리에서 조바심을 느낀 마츠카제가 바로 머리를 조아렸다.

"폐하의 황후가 되시기 위해 여러 가지를 배우고 싶다고 말씀하셔서 제 판단으로 사동 차림으로 변장하시고 관청을 견학 가셨습니다. 마침 장인소에 들르셨을 때 연회복이 다 만들어졌다는 기별을 받고 치사토님도 함께 모셔오려 했으나 그곳에 있겠다고 하시기에……. 당장 장인소에 다녀오겠사옵니다."

"장인소라 했느냐?"

그 말에 코요의 목소리가 작아졌다. 하필이면……. 코요가 그런 생각에 잠겨 있는 것을 눈치챘는지 마츠카제도 표정을 굳혔다.

"사이죠님이 계셨사옵니다만, 모습을 보아도 치사토님이라는 건 모르시는 눈치였사옵니다. …폐하?"

코요는 당장에라도 달려가고 싶은 마음을 주먹을 꾹 쥐고 참으며 곧장 장인소로 향했다. 키요시게가 있는 곳에 치사토를 혼자 놓고 오다니 마츠카제답지 않은 판단에 극도로 초조해졌지만, 한편으로는 그 마음이 이해가 갔다.

늘 치사토의 곁을 지키는 마츠카제는 치사토의 성격을

상당히 정확하게 파악하고 있었다. 치사토는 그 머리부터 굴복시키고 싶을 만큼 반항적이었고, 의심하면 더 속내를 숨겼다. 치사토와 잘 지내려면 그를 진심으로 믿고, 치사토가 하는 말에 귀 기울여야 했다. 마츠카제는 분명 치사토의 말을 믿었을 것이다.

치사토에게 호감을 느끼기 시작한 마츠카제를 문책하는 건 쉬운 일이었으나, 막상 마츠카제보다 치사토와 잘 지낼 만한 자가 떠오르지 않았다.

게다가 우선은 치사토의 얼굴을 보지 않으면 마음이 놓이지 않을 것 같았다. 지금 치사토가 키요시게와 함께 있다고 생각하니 여유 따윈 느낄 수 없을 만큼 뜨겁고 묵직한 덩어리가 저 깊은 곳에서부터 소용돌이쳤다.

"폐하?"

전례 없는 발걸음으로 건널복도를 가로지르는 코요를 근위 몇몇이 허겁지겁 뒤쫓아 가며 불렀지만, 코요는 걸음의 속도를 전혀 줄이지 않았다.

이전 치사토가 코요의 곁에서 도망치려 했을 때 도와준 것이 좌대신 사이죠의 장남인 키요시게였다. 어디서 들은 소문인지, 그 당시 코요가 힘을 빌렸던 태정대신(太政大臣) 하기노(萩野)의 정적이라서 고른 것이라 했다. 그 예리한 통찰력에 코요도 감탄할 정도였다.

결과적으로는 치사토를 되찾고 억지로 처문을 강행해 실질적인 아내로 만들었을지언정 코요의 마음속에서 키요시게는 여전히 조심해야 할 요주의 인물이었다.

'역시 강등했어야 했나…….'

장인두, 두중장이라는 직위를 맡고 있는 키요시게가 장인소에 있는 것은 당연했다. 직접 치사토를 뺏으려고 했던 키요시게는 엄밀히 따지자면 직위를 박탈해도 좋을 만큼 그 죄가 무거웠으나 결국 처벌은 보류한 상태였다. 당시에는 치사토가 코요의 처문 상대라는 사실이 알려지지 않았던 점과 치사토의 비밀, 남자라는 사실을 들킬지도 모른다는 것, 그리고 그의 뛰어난 업무 능력을 고려해 두 번은 용서하지 않을 것이라고 단단히 쐐기를 박아두었지만.

재회한 두 사람이 어떤 대화를 나누고 눈길을 교환하고 있을지. 코요는 어금니를 꽉 깨물고 더 빠르게 걸었다.

*   *   *

"나카츠카사의 눈을 속이기는 어렵지."

딱 잘라 단언하는 키요시게에 치사토는 '그럴 수가' 하고 우는소리를 했지만, 아무리 궁리해도 그 남자의 눈을 속이기란 상당히 어려운 문제였다.

"…역시 그렇군요."

치사토는 힘없이 고개를 끄덕였다. 가까스로 키요시게를 다시 만날 수 있었고, 도와주겠다는 말에 기쁨이 앞섰는데… 아무래도 일이 쉽게 풀리지는 않을 것 같았다.

"역시 방법이 없어……."

"없는 건 아니다."

치사토는 반쯤 포기한 치사토의 넋두리를 부정하듯 딱 잘라 말하는 키요시게의 얼굴을 무심코 뚫어지게 쳐다보았다. 갸름한 얼굴형에 시원시원하게 생긴 키요시게는 힘보다 머리를 더 잘 쓸 것처럼 보였는데 그 예상이 들어맞은 것 같았다.

"미리 움직일 수 없다면 당일에 실행하는 것이 최선이겠지."

"당, 당일?"

그날이야말로 호위가 몇 명이나 있을지 알 수 없었다.

"그건 자살행위예요."

"아니, 생각해 보니 그편이 낫겠다. 피로연에는 많은 손이 초대받았다. 제각각의 호위병사가 광려전에 들어오게 되니 낯선 자가 있어도 수상하게 여기지 않을 것이다."

"아, 그런가요."

사람 수가 한정적일 때는 모두 서로 얼굴을 알고 있기 때문에 평소와 다른 행동을 하면 눈에 띄게 마련하지만, 거기에 하객이라는 낯선 사람들이 섞여들게 되면 다소 이상한 행동을 하는 사람이 있어도 묵인할 가능성이 있었다.

'장담할 수 없는 것이 분하지만 일단 이것만으로 충분할지도……'

"머리가 좋군요. 키요시게 씨."

치사토는 진심으로 칭찬할 생각이었는데 키요시게는 복잡한 표정을 지었다.

'어? 말실수했나?'

"…아무튼 나는 지금부터 우선 당일 경비 상황을 확인하겠다. 그때……."

키요시게가 여기까지 이야기했을 때,

"폐하!"

"……!"

누군가 놀라 외치는 소리가 들렸다.

"아, 아키마사가 온 거야?"

마츠카제에게 들은 것인지 이런 곳까지 코요가 오고 만 것이다. 아직 이야기가 한창인데 정말 때를 못 맞추는 남자다.

게다가 지금 자신이 키요시게와 단둘이 있는 상황은 큰일이었다. 도망치는 데 협력해 주었던 사람과 함께 있었다고 의심이라도 받으면 본전도 못 찾게 된다.

창문이라도 있으면 단층인 이 방에서 빠져나갈 텐데 잠글 수조차 없는 이곳에서 어떻게 둘러대야 감쪽같이 속일 수 있을까?

"어, 어떡하지?"

이렇게 빨리 자신을 찾을 줄은 모르고 금방 코요가 들이닥칠 거란 초조함에 치사토는 혼란에 빠졌다.

"치사토, 다음에 내 쪽에서 연락할 것이니 그때까지 조용히 지내거라."

당황한 치사토와는 반대로 오히려 용기가 생겼는지 키요시게가 차분한 목소리로 안심시켰다. 그도 이 이상 이야기를 나누기는 무리라고 판단한 것 같았다.

"네에."

치사토가 동의하는 걸 확인하자 키요시게는 재빨리 몸을 낮춰 제자리에 납작 엎드렸다.

"어?"

갑작스러운 그의 행동에 저도 모르게 놀라서 소리를 지른 치사토는,

"치사토!"

느닷없이 뒤에서 팔을 붙들려 그대로 뒤로 끌려갔다. 크고 딱딱한 무언가가 등에 닿았고, 그것이 코요의 가슴이라

는 걸 깨닫기도 전에 치사토는 억지로 턱을 붙잡혀 키스 당하고 말았다.

'사, 사람들이 있다고! 키요시게 앞에서 무슨 짓이야!'

치사토는 필사적으로 고개를 피하려 했지만, 뒤에서 턱을 잡은 남자의 품은 꿈쩍도 하지 않을 정도로 굳건해서 미동도 할 수 없었다.

엎드려 절하고 있는 키요시게는 고개를 숙이고 있었지만, 그럼에도 이리저리 피하는 치사토의 혀를 옭아매는 음란한 물소리로 무엇을 하고 있는지는 알아차렸을 것이다. 그렇게 싫다고 투덜댔으면서 도망치지 못하고 키스를 받아들이는 자신을 어떻게 생각할지, 실망해서 돕지 않겠다고 할까 봐 불안한 마음을 들키지 않으려고 치사토는 코요의 팔을 세게 움켜쥐었다.

"으흥."

뒤섞인 타액이 턱을 타고 흘렀다. 숨을 쉴 수 없어 괴로운 나머지 코요의 가슴을 팔꿈치로 치자 남자는 그제야 입술을 뗐다.

"하아, 후우……."

'숨, 숨이…….'

산소가 필요해서 거친 숨을 몰아쉬는 사이에 자연스럽게 몸이 코요 쪽으로 기울었다. 코요가 안전하게 받아주었지만, 호흡이 정상적으로 돌아오자마자 치사토는 코요에게 거세게 항의했다.

"무, 슨, 짓을 하는 거야! 난 아무것도 안 했, 다고!"

혀가 돌아가지 않는 것은 쾌감으로 혀가 마비되어서가 결코 아니었다. 아무리 피하려 해도 집요하게 쫓아온 코요의 혀에게 어쩔 수 없이 항복한 것뿐이었다.

'거부해서 의심받으면 안 되잖아.'

그런데도 끝끝내 따지는 치사토에 코요는 의심에 찬 눈빛을 보냈다.

"나 몰래 여기까지 온 것을 넌 어찌 변명할 셈이냐?"

"어, 어떻게라니……."

자신이 무엇을 하든 남에게 지시받을 이유는 없다. 그렇게 똑 부러지게 말할 수 있다면 편하겠지만, 코요에게는 맞서기 어려운 오라가 있었다. 이것이 사람 위에 군림하는 자가 지닌 것인가 하고 압도된다면 치사토는 언제까지고 마지못해 그에게 순종해야 할 것이다.

지금 소란을 일으켜서는 안 된다는 걸 알면서도 그것만큼은 분해서 참을 수 없었다.

"…사이죠."

치사토가 아무 대꾸도 하지 않고 고개를 돌리자 코요의 칼날이 옆에 있던 키요시게로 향했다.

그때까지 치사토는 코요가 자신에게 화내고 있다고 생각했는데 키요시게의 이름을 부르는 목소리를 듣고 그나마 자신에게는 너그러운 것이었다는 걸 깨달았다.

"예."

키요시게는 천천히 고개를 들었다. 슬쩍 훔쳐본 그 표정 속에 공포의 빛은 없었다.

'오, 오히려 도발적으로……'

코요를 쏘아보는 듯한 키요시게의 눈빛에 오히려 치사토가 초조해졌다.

"이런 곳에 저 아이를 끌어들여… 일하는 도중에 무엇을 할 생각이었느냐?"

"잠, 잠… 컥."

이 방에 유도한 것은 오히려 자신이었다고 해명하려 했으나 코요의 커다란 손이 입을 가로막아 말이 나오지 않았다.

온 힘을 다해 눈짓으로 도망치라는 신호를 보냈으나 분명 눈을 마주쳤을 키요시게는 피하려 하지 않고 그냥 가만히 제자리에 앉아 있었다.

"이 아이가 어떤 신분인지 알고 있겠지?"

"……"

질문임에도 단정하는 말투에 치사토는 마른침을 꿀꺽 삼

켰다. 이 남자가 어디까지 눈치챈 건지 알고 싶은데… 알기가 무서웠다.

"대답하라."

"…예."

"아, 아키마사. 그렇게 무서운 얼굴 하지 않아도……."

그러나 이 일에 말려들게 한 치사토로서는 코요의 분노가 키요시게에게만 향하는 것이 너무 미안해서 어떻게든 상황을 수습하려고 했지만,

"폐하의 어심이 깊으시다는 것은… 알고 있습니다."

키요시게는 사정을 알고 있다는 것을 시원하게 밝히고 말았다.

'…이봐!'

코요에게 더 찍히면 어쩌려고 그러지.

두 사람이 대립해서 사소한 일로 이번 계획이 들통 나게 된다면 자신이 이곳까지 온 수고가 모두 물거품이 된다.

'일, 일단 아키마사의 정신을 딴 데로 돌려야 해!'

"…아, 아키마사."

"……."

"아키마사!"

팔을 잡고 억지로 흔들자 그제야 코요는 이쪽을 보았다. 왜 그러느냐고 묻는 듯한 날카로운 눈빛에 순간 멈칫했

지만, 그래도 어떻게든 머리를 굴려서 치사토는 말을 걸었다.

"일, 일하던 중이었지? 그만 돌아가자."

"치사토."

"나도 같이 갈게."

아무튼 이 자리에서 빨리 벗어나고 싶었다. 치사토가 코요의 손을 세게 잡아끌었으나 그 몸은 좀처럼 움직여 주지 않았다.

아니, 그뿐 아니라 무언가를 꿰뚫어보는 듯한 눈빛을 보냈다.

'…큰일 났다.'

쿵쾅쿵쾅, 심장 소리가 시끄러울 정도로 빨라졌다. 치사토는 지금이라도 이 자리에서 혼자만이라도 달아나고 싶었지만, 가까스로 참으며 코요의 팔에 꽉 매달렸다. 주위에서는 응석을 부리는 듯 보이겠지만 그게 아니었다. 도망가려는 자신의 발을 제자리에 묶어두기 위해 일종의 누름돌을 대신해 붙잡고 있는 것뿐이었다.

"…사이죠."

잠시 후 코요가 다시 키요시게의 이름을 불렀다.

"예."

"이번 연회 준비를… 아무쪼록 잘 부탁하마."

근엄한 목소리에 키요시게도 깊이 머리를 숙인 채 긍정의 뜻을 전했다.

"가자."

"으, 응."

이걸로 일단락된 것 같았다. 코요는 그렇게 내뱉고 난 뒤 뒤도 돌아보지 않고 치사토의 팔을 거머쥐고서 장인소를 나왔다.

복도에 대기하고 있던 코요의 호위병사들은 소년으로 변장한 치사토를 끌며 걷는 코요의 모습에 놀란 듯했지만, 언짢은 기색을 깨달았는지 조용히 뒤를 따랐다.

'나머지는 내가 해야겠어.'

코요에게 질질 끌려가듯 걸으면서 치사토는 앞으로 어떻게 해야 할지를 필사적으로 생각했다.

키요시게와 나눈 대화는 듣지 못했을 테지만, 수상하게 여기고 있을 게 분명했다. 이대로라면 감시가 더욱 심해지게 되어 애써 키요시게가 편이 되어주었는데 모든 일이 허사로 돌아가게 될지도 모른다.

눈앞에 놓인 넓은 등을 바라보면서 치사토는 내내 코요를 속일 방법을 궁리했다.

그리고……

"……"

치사토가 남자의 소맷자락을 잡자 이때까지 잠자코 걷고
있던 코요가 돌아보았다.

"…미안해."

"…무엇 때문에 사과하느냐?"

"그게… 제멋대로 돌아다녔… 으니까?"

"……."

"…미안해."

거듭 사과하자 코요가 뒤돌아 치사토의 볼을 잡고 위로
들었다. 이 행동 하나로도 그가 무엇을 원하는지 알아차린
치사토는 눈을 꼭 감았다.

'일, 일단 유혹하자!'

주변에는 코요의 호위무사들이 몇 명이나 있었지만, 지
금은 전부 호박이라고 생각하며 무시할 수밖에 없었다.

*　　　*　　　*

찾아간 장인소를 쓱 둘러보았을 때는 치사토의 모습도
키요시게의 모습도 보이지 않았다.

하지만 이곳에는 잠깐씩 잠을 청하는 별실이 있다는 걸
알고 있던 코요는 곧장 안으로 들어가 안쪽 방에서 두 사
람을 발견했다.

엎드려 있는 키요시게와 치사토가 무엇을 하고 있었던 것은 아니었다. 그런데도 억누를 수 없는 질투에 사로잡혀 작은 머리를 끌어안고 주저 없이 입술을 빼앗았다. 소년의 모습을 하고 있어도 치사토의 사랑스러움은 조금도 퇴색되지 않았고, 오히려 강제로 취했다는 어두운 쾌감을 느꼈다.

이곳이 어디든 전혀 상관없었다. 천황인 자신이 어디서 누구에게 입을 맞추든… 게다가 그 이상의 것, 몸을 쓰러뜨린다 해도 그것에 이의를 제기할 자는 없었다.

치사토에게 입을 맞춰도 허기가 채워지지 않아서 키요시게를 추궁했지만, 남자는 몸을 낮추기는커녕 당당하게 얼굴을 들고 제 입으로 대답했다. 불손했으나 재미있는 구석이 있었다. 순종적인 신하보다 유망하다고까지 느껴지는 것이 신기했다.

"…미안해."

치사토가 무언가를 꾸미고 있는 꿍꿍이는 눈에 훤히 보였다.

본인은 어떻게든 숨기려고 노력하고 있지만, 불안하게 흔들리는 눈빛과 솔직한 사과, 특히 이런 곳에서 입맞춤을 받아들이려 하는 태도야말로 뭔가 있다는 것을 가르쳐 주었다.

'대체 무엇을 생각하고 있느냐?'

치사토는 입을 열 듯 하면서도 의외로 완강했다.

그리고 치사토가 이런 차림새까지 하면서 만나러 온 키요시게도 그 일에 얼마간 연관되어 있음이 분명했다. 그렇기 때문에 천황이라는 자신의 신분을 이용해 무슨 짓을 해서든 키요시게가 자백하게 만들 수도 있었지만, 그렇게까지 하면 키요시게에게 지는 것 같아서 내키지 않았다.

"…미안해."

"……."

'무슨 속셈인지…….'

자신의 언동이 수상하다는 것을 정작 당사자만 모르고 있다.

'…상관없다.'

코요는 치사토의 부드러운 볼에 손을 댔다.

순간 가녀린 몸이 흠칫 떨렸지만… 치사토는 무언가 결심한 듯 눈을 내리감고 가만히 있었다.

'이렇게까지 하면… 멈출 수 없지.'

코요는 그대로 치사토의 입술에 가볍게 제 입술을 대고 반응을 살폈지만, 치사토는 하얀 볼을 발그레하게 물들인 채 더 굳게 눈을 감았다.

언제까지 입을 다물 참인지. 사실을 말하지 않고 오히려 더 속이려 드는 치사토를 살짝 괴롭히고 싶어서 다시 시작한 입맞춤은 곧 혀가 엉키는 농밀한 것으로 변했다.

그 뒤, 순순히 따라오는 치사토를 데리고 궁녀들이 기다리는 자신의 방으로 돌아갔다. 무슨 일이 있었다는 걸 눈치챘겠지만, 마츠카제와 궁녀들은 전혀 내색하지 않고 바로 치사토를 데려가 화려한 연회복을 어깨에 대보았다.

"어떠하시옵니까, 폐하."

"잘 어울린다만… 이것은 어떠냐?"

"그 색도 피부에 참으로 잘 어울리시옵니다."

"뭐든 넉넉히 준비하라. 피로연에서 입지 않더라도 평소 내 눈을 즐겁게 하는 것만으로도 좋으니 말이다."

"폐하의 말씀이 옳으십니다. 하오면 어울리실 만한 것은 모두 갖추겠사옵니다."

코요가 마츠카제와 이야기하는 동안 치사토는 몇 번이고 코요를 바라보았다. 언제 키요시게와 있었던 일을 따지고 들지 몰라 두려워서 그러는 것이겠지만, 코요는 애써 그 일을 언급하지 않았다. 아까 전 자신의 행동을 의심받지 않으려고 그러는지 치사토는 시키는 대로 얌전히 연회복을 몸에 대보고 있었다. 이렇게 하면 용서해 줄 것이라고 생각했는지 더욱 불안한 표정을 짓고 있었다.

가학적인 취향은 없었음에도 치사토의 그 표정이 코요의 마음속 무언가를 자극했다.

울리고 싶지는 않지만 자신 때문이라면 울기를 바랐다.

'치사토는 내 이런 생각을 알아차렸을 것이다.'

마츠카제에게 맡겨두었던 의복 선택은 실제로 치사토에게 맞춰보고 코요가 확인해서 만족스러운 연회복으로 골랐다. 결과적으로는 그것으로 충분했을지도 모른다.

"폐하, 저녁 식사는 어찌 하오리까?"

금세 깨끗하게 정리된 방에서 마츠카제가 물었다.

이대로 정무를 보러 갈지, 아니면 치사토와 저녁 식사를 함께 먹을지를 고민하던 코요는 지친 듯 구석에서 어깨를 축 늘어뜨리고 있는 치사토에게 시선을 돌렸다.

"치사토, 어느 쪽이 좋으냐?"

이름을 부르자 치사토가 쭈뼛쭈뼛 이쪽을 보았다.

"어느… 쪽이라니?"

"저녁을 먹은 뒤 안기는 것과 밤에 내가 네 침상에 살며시 숨어드는 것 중에."

"…윽."

커다란 눈망울이 놀란 듯 더 커졌다.

치사토는 어느 쪽도 싫겠지만, 코요는 오늘 밤 반드시 치사토를 안을 작정이었다. 그러면서 키요시게와의 사이에서 무슨 일이 있었는지 알아내면 되는 것이었고, 혹여 알아내지 못하더라도 치사토의 몸에 자신이라는 존재를 더 각인

하는 것만으로도 족했다.

'어느 쪽을 선택하든 나에게는 마찬가지다.'

어느 쪽이 자신에게 유리할지 치사토가 열심히 궁리하고 있는 모습이 눈에 훤히 보였다.

코요는 지긋이 대답을 기다렸다.

*   *   *

자신이 따라나서면 틀림없이 일하러 돌아갈 줄 알았던 코요는 결국 자리에 앉아 마지막까지 마츠카제와 함께 치사토의 연회복을 골랐다.

코요가 있는 것만으로도 엄청난 스트레스였기 때문에 본심은 이대로 나가주길 바랐으나 찔리는 구석이 있는 치사토는 여느 때처럼 강경하게 나가지 못했다.

"…아키마사."

"어찌 그러느냐?"

"일, 일은?"

큰맘 먹고 물어봤지만, 치사토의 희망은 단숨에 거절당했다.

"지금은 네 곁에 있는 것이 더 중요하다."

"…아, 그래."

더 이상 할 말이 없어서 치사토는 아까 들었던 코요의 말을 곱씹었다.

"저녁을 먹은 뒤 안기는 것과 밤에 내가 네 침상에 살며시 숨어드는 것 중에."

'마츠카제 앞에서 그렇게 말할 필요까지는 없잖아!'
어느 선택지를 골라도 코요에게 안기는 것은 결정된 일이었다. 결국 치사토에게 선택권은 없다는 뜻이다.

하지만 다른 때라면 즉시 반론할 일인데도 치사토는 입술을 꼭 깨물고 시선을 피했다. 평소처럼 음흉한 얼굴로 놀리는 것이라면 좋겠는데 지금의 코요는 너무나도 진지한 눈빛으로 이쪽을 보고 있었다.

유치하게 거부할 수는 없었다.

먼저 유혹하자고 결심했건만 치사토에게 유혹이란 기껏해야 키스였다. 섹스는 되도록 하고 싶지… 않았다. 해버리면 지금 자신의 마음을 스스로 배신하는 꼴이라는 걸 알기 때문이었다.

어떻게 해야 코요의 유혹을 피할 수 있을까? 치사토는 필사적으로 고민했다.

'식사 후에는 아키마사가 한창 정력이 끓어오를 시간일

지도 몰라……'

그렇다면 밤, 잠든 뒤가 더 나을 것 같았다. 자고 있으면 반응을 끌어낼 방법이 없으니 결과적으로 코요 쪽에서도 포기하지 않을까?

"저녁 식사 후에는… 싫어."

"알겠다."

대답하자 코요가 일어섰다.

"하면 처문 때를 상기하며 깊은 밤에 네게 와볼까. 마츠카제. 난 내팽개쳐 뒀던 정무를 계속하러 가야겠다."

"네."

"나중에 보자꾸나, 치사토."

오늘 밤 약속이 성립됐다고 믿었는지 코요는 의외로 선선히 방에서 나갔다. 그 뒷모습이 시야에서 완전히 사라질 때까지 지켜보고 있던 치사토는 가까스로 한숨을 깊게 내쉬었다.

'가, 갔어……'

온몸에 힘이 쭉 빠진 치사토는 제자리에 털썩 엎드렸다. 그냥 이대로 자고 싶었지만, 기모노를 입은 상태로는 답답해서 자다가도 잠이 깰 것 같았다.

'밤의 일은 생각하지 말자.'

"차, 차 좀 줘—"

"잠시만 기다리시옵소서."

괜스레 갈증이 일었다.

치사토는 자신의 부탁에 일어선 마츠카제에게서 시선을 돌려 그대로 바닥에 벌렁 드러누워 눈을 감았다.

'속이기 위해 유혹하다니… 할 수 있을까?'

그 뒤로 내내 조마조마했지만, 결국 저녁 식사 자리에 코요는 나타나지 않았다.

치사토가 생각하고 있는 것 이상으로 천황이라는 직업은 일이 많았고, 우아하게 부채를 부치면서 명령을 내리면 끝나는 게 아닌 것 같았다. 그런 식으로 자신에게는 섹스를 강요하는 남자라고 해도, 지배자라는 위치는 제법 힘든 모양이었다.

"치사토님."

"응~"

긴장이 완전히 풀린 치사토가 식후에 나온 달달한 찐빵을 오물오물 씹고 있는데, 마츠카제가 웬일인지 평상시와 다르게 웃음기가 가신 얼굴로 자세를 바로잡고 치사토의 얼굴을 똑바로 바라봐 왔다.

그 태도에 치사토도 자연스럽게 자세를 고쳐 바르게 앉았다. 치사토가 바로 앉길 기다렸다가 마츠카제가 이야기를 꺼냈다.

"폐하의 심정을 확실하게 받아들여 주시옵소서."

"어? 켁켁."

치사토는 찐빵이 목에 걸릴 뻔해서 허겁지겁 옆에 있던 차를 마셨다.

틀림없이 마츠카제도 아무 일 없던 듯이 넘기겠지 싶었는데 아무래도 없었던 일로 치기에는 어려운 모양이었다.

결과적으로는 속이는 입장인 치사토는 아무런 대답도 할 수 없었다.

"폐하께옵서 치사토님을 얼마나 소중히 여기시는지 잘 알고 계시리라 믿사옵니다."

"……."

"부디 폐하의 어심을 위로해 주시옵소서."

물론 바로 수락할 수는 없었지만, 그렇다고 싫다는 말을 입에 담을 수도 없었다. 자신이 비겁한 수를 쓰려고 한다는 걸 자각하고 있는 치사토는 그냥 잠자코 차를 마시는 것으로 대답을 회피하려고 했다.

마츠카제는 그 이상 아무 말도 하지 않고 평소처럼 대해주었다. 그 다정한 태도에 미안해져서 치사토는 얌전히 그녀를 따랐다.

목욕 대신 몸을 닦고 옷을 갈아입었다. 치사토는 안절부절못하며 잠자리인 다다미 위에 앉아 있었다.

이대로 자도 괜찮을까, 라는 생각과 기다리고 있다간 오해받을 거야, 라는 생각이 서로 충돌했다. 마츠카제의 생각을 받아들여서 코요와 똑바로 마주해야 한다고 생각하는 반면 역시 스스로 받아들이는 것은 아무래도 망설여졌다.

'기다릴 의무는 없는데…….'

"…휴우."

오늘 일로 코요는 치사토와 키요시게의 관계를 의심할 터였다. 다음에는 저택 안을 돌아다니는 걸 간단히 허락해 주지 않을 테고, 거기에 늘 옆에 있는 마츠카제까지 가세한다면 최강 콤비의 탄생이었다.

괜찮은 걸까— 더욱 불안해진 치사토는 키요시게의 말을 떠올렸다.

"치사토, 다음에 내 쪽에서 연락할 것이니 그때까지 조용히 지내거라."

그 말을 믿고 얼마 동안은 얌전히 지내는 편이 좋을 것 같다. 이 나라의 사정을 잘 알고 있는 그라면 치사토는 생각하지 못할 해결책을 고안해 낼지도 몰랐다.

다만 그렇게 되면 피로연이라는 존재가 점점 가슴을 짓

눌렀다.

"…아, 골치야."

"무엇이 골치 아픈 것이냐?"

"……!"

별안간 들려온 목소리에 홱 돌아보니 발을 밀어젖히고 코요가 나타났다.

'어, 어느 틈에…….'

아직 기모노에 익숙하지 않은 치사토는 무심코 발소리가 커지기 일쑤였지만, 이 세계 사람들은 대부분 당연하다는 듯 발소리를 내지 않고 걸었다. 그 탓에 눈치채지 못하는 사이에 등 뒤에 사람이 서 있곤 했고, 아직도 그때마다 깜짝 놀랐다.

코요는 벌써 옷을 갈아입은 듯 편한 모습으로 다다미 위에 느긋하게 앉았다. 살짝 흐트러진 머리카락이 공인인 천황이라기보다 한 개인인 아키마사라는 느낌이 들었고, 이 모습을 볼 수 있는 사람은 아마 자신뿐일 거라 생각하자 묘하게 가슴이 두근거렸다.

'앗, 나 지금 무슨 생각하는 거야!'

남자를 향해 그런 생각을 한다는 자체가 이상하다고, 치사토는 서둘러 생각을 전환하듯 입을 열었다.

"일, 일이 바쁜가 봐."

"그래."

"부하에게 맡기지?"

코요는 하기노와 나카츠카사를 비롯해 엄청나게 많은 부하를 거느리고 있었다. 저마다 업무가 분담되어 있는 것 같은데 그들에게 나누어 맡겨두면 편할 듯싶었다.

치사토의 질문에 코요는 문득 보일 듯 말 듯 쓴웃음을 지었다.

"신하에게 맡긴대도 최종적인 판단은 손수 해야 한다. 치사토 네 눈에는 내가 매일 놀고 있는 사람처럼 보일지 모르나 이래 봬도 바쁜 몸이다. 일반적인 정무와 너와의 피로연 준비로 말이야."

"그, 그래."

이 상황에서 또 피로연이라는 단어가 나왔다.

'그렇게 바쁘면 나까지 신경 쓰지 않아도 되는데…….'

자신을 상대할 겨를이 있으면 그 시간에 차라리 일을 하라고 생각하고 있었던 치사토는 코요가 그 틈에 거리를 좁혀오는 걸 눈치채지 못했다.

*   *   *

"일, 일이 바쁜가 봐."

치사토는 낮에 키요시게와 몰래 만난 이유를 들키지 않으려는 건지 적극적으로 대화를 시도해 왔다. 손바닥으로 하늘 가리기 식의 방법에 쓴웃음이 새어나올 뻔했지만, 짐짓 그 농간에 적당히 대꾸해 주면서 치사토의 옆얼굴을 주의 깊게 살폈다.

'대체 사이죠와 무슨 이야기를 나눈 거지?'

시선을 맞추기 싫었는지 먼 산만 바라보는 치사토의 곁에 무릎걸음으로 다가갔으나 아직 모르는 눈치였다.

"피, 피곤하면 얼른 자는 게 좋지 않을까?"

"피곤하다라……. 하긴 그럴지도 모르겠구나. 정무뿐만 아니라 피로연도 준비해야 하고, 몰래 빠져나가려는 아이도 지켜보고 있어야 하니 말이다."

화제가 낮에 있었던 사건으로 옮겨가자 치사토의 옆얼굴에 긴장감이 흘렀다. 치사토의 앳된 표정은 무척 단순해서, 사람을 부리고 지시하고 의중을 꿰뚫어보는 데 탁월한 코요가 그것을 간파하기란 식은 죽 먹기였다.

"치사토."

다행히 자신에게 표정을 들키지 않으려는 듯 고개를 돌리고 있어서 코요는 눈 깜짝할 새 거리를 좁힐 수 있었다.

"…앗?"

그대로 가녀린 손목을 잡아 제 쪽으로 끌어당기자 치사

토의 몸이 쉽게 품속으로 넘어왔다. 안기자마자 지금 상황에 비로소 정신을 차렸는지 치사토가 팔을 뻗어 코요의 가슴을 밀쳤다.

"잠, 잠깐!"

"가끔은 얌전히 있거라."

다른 자라면 자신이 만지기만 해도 쉽게 몸을 맡길 텐데 치사토는 매번 쓸데없이 저항했다. 아니, 이토록 고집스럽기 때문에 더욱 그 존재를 갈망하게 되는 것일까?

"사이죠와 무슨 이야기를 했느냐?"

"어⋯⋯."

갑작스럽게 질문을 받자 필사적으로 저항하던 치사토의 반응이 순간 느려졌다.

들리지 않은 건 아니었겠지만, 코요는 그 효과도 노릴 겸 이번에는 조금 더 확실히 물어보았다.

"굳이 그런 행색까지 하고 그 사내를 찾아간 데는 이유가 있겠지? 내게 말하지 않겠느냐?"

그 뒤, 정무를 보러 돌아가고 나서도 줄곧 머리 한구석에서 맴돌고 있었던 궁금증을 이제야 입 밖에 꺼냈다. 하지만 치사토는 완전히 숨길 수 있으리라 생각했었는지 희미한 불빛 속에서 갑자기 안색이 나빠지는 모습이 보였다.

추궁하는 게 아니었다. 솔직하게 털어놓으면 다정하게

그 몸을 안아줄 생각이었다. 어떤 계략을 꾸미더라도 치사토가 이 품에서 절대 달아날 수 없다고 확신하고 있기 때문이었다.

하지만 끝까지 고집을 부리고 버티는 모습에, 가슴 깊은 곳이 견딜 수 없이 아팠다. 치사토의 눈물을, 애원을, 절실하게 매달리는 모습을 볼 때까지 몰아세우고 싶어졌다.

'이젠 늦은 것 같구나.'

입술을 꼭 깨문 채 입을 열려고 하지 않는 치사토는 이미 코요가 내리는 달콤한 벌을 원하고 있는 듯 보였다.

코요는 암울한 기쁨으로 입가에 곡선을 그리면서, 떨고 있는 가냘픈 몸을 더 세게 끌어안았다.

"말하지 않겠다는 건 그 몸에 어떤 고통이라도 달게 받겠다는 각오인가?"

일부러 귓가에 속삭이듯 말하자 품에 안긴 치사토의 몸이 크게 떨렸다.

어쩌면 묻지 않으리라고 예상했을지도 모르겠으나 운이 나쁘게도 자신은 그럴 만큼 관대한 남자가 아니었다.

특히 사랑하는 이의 모든 것을 알고 싶어 하는 집념이 강했다. 코요는 그대로 고개 숙여 눈만 크게 뜨고 있는 치사토의 입술을 빼앗았다.

"흡."

코요는 굳게 닫힌 입술을 혀로 비집고 들어가, 달아나려 하는 치사토의 그것을 옭아맸다. 그악스럽게 빨고 타액을 흘려 넣자 입안에 담긴 액체가 치사토의 입술 끝에서 턱을 타고 방울져 떨어졌다.

입술을 떼고 타액을 핥아 올리자 치사토가 나지막하게 비명을 지르며 고개를 피하려 했다. 코요는 그 턱을 단단히 잡고 다시 입술을 포갰다.

이번에는 치사토의 입 속의 타액을 남김없이 길어 올리듯 혀를 움직였다. 들숨을 허락하듯 겹쳐지는 입술의 위치를 몇 번이고 옮기는 동안 차츰 치사토 쪽에서 애걸하듯 혀를 뻗어왔다. 서로 맞물려 상대의 혀를 탐닉하자 가느다란 팔이 등을 감싸고 힘껏 껴안았다.

치사토로부터 요구해 오는 듯한 행동에, 굳게 닫힌 그 눈 속의 눈빛이 보고 싶어진 코요는 손가락을 대담하게 움직였다. 가슴에 손을 깊이 넣어 앞섶을 힘껏 제치고 온기 어린 피부를 천천히 더듬었다.

"잠, 잠깐, 기다려…… 윽."

"그럴 수 없다."

"아, 아키마사."

코요는 옷자락을 풀어 헤치며, 기어서 도망가려고 하는 치사토의 허리를 틀어잡았다. 발버둥친 탓에 흐트러진 옷자락을 다른 한 손으로 가르고 손쉽게 치사토의 다리를 만졌다.

'숨기고 있는 비밀을 스스로 털어놓게 해주지.'

코요는 조급해하지 않고 치사토의 물건에 손을 뻗어 느긋하게 어루만지기 시작했다. 부드러웠던 그것은 금세 빳빳하게 고개를 들어 코요의 손을 끈적한 이슬로 더럽혔다.

귀엽게 생겼을지라도 남자였다. 직접적인 애무에 솔직하게 반응했다. 코요는 손바닥을 밀어낼 만큼 팽창한 것을 관능적으로 쓸어 올리면서 달뜬 숨을 내뱉는 치사토의 귓가에 속삭였다.

"다리를 더 벌려."

남근은 더한 자극을 원하고 있는데 수치심 때문인지 치사토는 허벅지에 힘을 주고 벌리지 않으려 애쓰고 있었다. 이제 와서 아무 소용없는 일이라는 걸 치사토는 왜 모르는 걸까?

"치사토."

명령하는 데 익숙해진 목소리로 다시 한 번 사랑스러운 이름을 불렀다. 촉촉하게 젖은 눈망울이 무언가를 호소하듯 바라보지만, 아무 말 하지 않고 반응을 기다리자 치사토는 얼굴을 돌린 채, 그럼에도 천천히 다리를 벌려갔다.

"그래서는 보이지 않는다. 옷자락을 젖히고 크게 다리를 벌려 네가 남자라는 소중한 증거를 보이거라."

"무슨……."

"자, 어서."

이쯤에서 명령을 듣지 않으면 다리를 제 무릎으로 벌릴
작정이었다. 또 아무나 사람을 불러 천을 가져오게 해 묶는
방법도 있었다. 구속된 몸으로 제 뜻과 정반대로 몸이 열리
는 상황에 겁먹은 치사토는 온통 집어삼키고 싶을 정도로
사랑스러울 것이 분명했다.

다른 누구도 아닌 치사토이기 때문에 이렇게까지 해서라
도 갖고 싶었다.

"……."

"…으윽."

극심한 수치심을 느끼고 있는지, 눈에 보이는 피부가 발
갛게 물들고 도무지 남자의 것이라고 보기 힘든 가는 다리
가 떨리고 있었다.

그렇게까지 참아야 하는지 답답했다. 그와 동시에 몹시
괴롭히고 싶은 어두운 욕망이 부풀어 올랐다. 부드럽게 사
랑해 주려던 마음을 일그러뜨린 것은 치사토 본인이었다.

'처음부터 솔직하게 자백했으면 좋았을 것을.'

키요시게에게 간 이유를 순순히 털어놓으면 쾌락만 선사
해 줄 생각이었지만, 본심을 보이지 않는다면 코요도 자백

받기 위해 움직여야 했다.

코요는 살짝 느슨해진 허벅지 사이를 무릎으로 파고들어
가 치사토가 흘린 이슬에 젖은 손으로 딱딱해진 남근을 움
켜쥐었다.

"으윽!"

느린 자극에 애태우고 있을 치사토의 몸은 갑자기 주어
진 통증에마저 느껴 버린 듯 발끝을 오므리며 몸을 뒤틀었
다.

코요는 그 반응에 만족해하며 치사토의 것에서 손가락을
떼지 않고 손톱으로 그 끝을 지분댔다.

"흐읏!"

"힘 빼."

"싫, 싫어, 싫다고."

"그렇게 허세를 부려도 괜찮겠느냐?"

코요는 그렇게 말하면서도 치사토가 순순히 따르기도 전
에 흐트러진 가슴에 얼굴을 묻고 살짝 엿보이는 옅은 색 돌
기를 입에 머금었다. 놀란 치사토가 등을 휘는 찰나, 옷깃
을 붙잡고 뒤로 확 당기자 허여멀건 가슴팍이 단숨에 드러
났다.

"싫어!"

조급해진 치사토는 몸을 비틀어 코요의 손에서 빠져나가

려고 했지만, 코요는 그 움직임에 맞춰 노출된 어깨에서 등으로 손을 넣어 그대로 옷을 끌어내렸다.

아직 끈을 풀지 않은 탓에 옷이 아슬아슬하게 몸에 걸쳐져 있었지만, 코요가 보기엔 이미 벗은 것이나 다름없었다. 아니, 전부 드러내지 않는 이 차림이 훨씬 외설스러운 분위기를 자아내는 듯 느껴졌다.

입에 머금은 돌기를 희롱하고 있던 혀를 떼고 코요는 일부러 젖은 입술을 핥은 뒤 볼에 얼굴을 갖다 댔다.

"치사토, 이곳은 아직 귀여워하지 않았는데, 보거라, 이리도 늠름하게 일어섰구나."

"…읏."

입에 머금었을 때, 치사토의 돌기는 이미 솟아 있었다. 양물을 애무해서, 아니면 옷이 마찰되면서 이미 그렇게 되어버린 건지는 알 수 없었으나 코요는 흡족해하며 다시 돌기를 입에 물고 이로 자극했다.

"…읏."

무릎이 끼워져 있는 허벅지에 힘이 들어가는 것이 전해졌지만, 그것은 느끼고 있기 때문이라고, 더 깨물고 혀로 핥았다. 연분홍빛이었던 돌기는 금세 제 빛깔을 진하게 물들였고, 마지막에는 달아나려던 치사토도 더 괴롭혀 주기를 바라는 양 가슴을 내밀었다.

'귀엽군.'

말과 행동으로는 결코 굴복하지 않겠다고 주장하더니 몸부터 무너졌다. 인정하지 않는 것은 그 몸의 주인인 치사토뿐이었다.

사랑스럽고, 얄미운 아내. 어떻게 괴롭히고 사랑해 줄지, 서서히 스스로 활짝 벌려가는 다리를 보면서 코요는 제 옷의 끈을 풀었다. 치사토만큼은 맨살을 맞대며 안을 때가 가장 좋았다.

코요의 움직임을 전혀 눈치채지 못한 치사토는 가슴을 들썩이며 쾌감을 몰아내려 애쓰고 있었다.

"으읏, 하아, 으흥."

"치사토, 네 눈으로도 보거라. 이렇듯 네 가슴의 열매는 벌써 붉게 익었구나."

"변태! 나, 남자의 가슴 따위를 핥는 건 당신뿐이야!"

남자의 유두를 건드리는 게 뭐가 좋으냐고 타박하지만, 그것은 치사토의 것이기 때문이라고밖에 달리 설명할 도리가 없었다. 다른 사내의 것은 입에 댈 생각조차 없었고, 지금은 여인의 풍만함이 그립지도 않았다.

작고 앙증맞은 장식이 자신의 애무로 한껏 돋아 오르는 모습이 기특하고 좋은 것이었다. 이상하다 여긴대도 이 즐거움을 포기할 생각이 없었다.

치사토의 불평은 작은 새의 지저귐 정도로밖에 들리지 않았지만, 늘 투덜대기만 하니 시시했다. 그 작은 입술에서 불평 이외의 말이 나오게 해주겠노라고, 코요는 다시 양물을 쥔 손을 위아래로 거칠게 움직이며 문지르기 시작했다.

"허억, 잠, 잠깐, 손 떼… 웃!"

"놓아도 되겠느냐?"

"당, 당연하, 지, 웃."

필사적으로 대꾸하는 모습에 코요는 미소 지었다. 역시 마음은 아직 완전히 타락하지 않은 모양이었다.

"거짓말 마라. 내가 지금 손을 놓으면 이토록 기쁨의 눈물을 흘리고 있는 것을 누가 귀여워해 주겠느냐?"

"으흑!"

말과 동시에 뭉툭한 끝을 손톱으로 긁자 치사토는 고통스러운 나머지 허리를 뒤로 뺐다. 하지만 코요가 위에서 짓누르고 있는 자세에서는 도망갈 곳이 없어서 몸이 자연스럽게 위로 밀려 올라갔다. 그 움직임에 치사토의 것은 오히려 코요의 손안에서 마찰됐다.

"참으로 치사토는 제멋대로구나."

"앗, 싫, 싫어, 으흣."

"오호, 이렇게까지 내 손을 적시다니……. 네 꿀이라면 손에 묻히는 것은 물론이고 직접 이 입으로 핥아먹고 싶은

데… 어찌할까? 싫으냐?"

입으로 분신을 애무해 주겠다고 하자 치사토는 눈을 부릅뜬 채 얼어붙었다. 싫다면 그렇다고 말할 만한 여유를 주었지만, 치사토의 입에서 거절하는 단어는 끝까지 나오지 않았다.

치사토는 무의식중에 바라고 있는 것이다. 더 강렬한 애무를, 쾌감을. 코요는 그렇게 판단했다.

"정말이지, 제멋대로인 처로다."

"으흥… 아홋."

말하지 않을지언정 눈빛으로 호소했다.

"네가 바라는데 싫다고 거절할 이유가 없겠지?"

본인은 인정하지 않겠지만, 음탕한 눈빛으로 도발하고 있는 쪽은 치사토였다. 어떤 눈으로 유혹하고 있는지 본인도 모를 만큼 저속했지만, 그렇기 때문에 남자는 즐거워지기도 했다.

그 눈이 애욕에 젖은 모습을 보고 싶었다.

그것은 아마 자신 이외에 다른 사내라도 마찬가지일 것이다. 당연히 치사토의 몸을 다른 사내가 만지게 할 리가 없지만, 가령 이름 모를 사내가 치사토에게 연모의 정을 품고 있다 하더라도 이 손안에서 타락한 치사토의 모습을 보여준다면 누구나 끌릴 수밖에 없을 것이라고 체념하겠지.

'특히 사이죠라든가, 말이지.'

이 존재가 누구의 것인지 그 남자에게는 한번 똑똑히 가르쳐 줄 필요가 있었다.

말로만 꾸짖은 것이 오히려 그의 연정을 키운 셈이 됐을지도 모른다고 생각하자 어설펐던 제 행동에 새삼 후회가 밀려왔다. 그때는 한시라도 빨리 치사토를 안고 싶은 마음을 멈출 수 없었을 뿐이었지만 차분히 곱씹어보니 다른 방법이 있었을 것 같았다.

'이제 와서는 늦었겠지만.'

"네가 아무리 싫어해도……."

"……윽."

자신이 어떤 생각을 하고 있는지는 모르더라도 그 위험한 분위기는 느꼈을 것이다. 방금 전까지 쾌락에 빠져들어 있었으면서 불안한 눈빛으로 흔들리는 치사토를 바라보며 문득 미소 지은 코요는, 그대로 상체를 일으켜 치사토를 내려다보았다.

이미 알몸이나 다름없는 흐트러진 모습에 하체는 흠뻑 젖었고, 몸은 코요의 양물을 어서 받아들이고 싶다며 안달 내고 있을 텐데 마지막 그 한 걸음을 내딛지 않겠다는 듯 행동하고 있었다.

정말이지—

"네가 사랑스러우면서도 또한 밉기도 하다."

"아… 키……."

"왜 내 앞에 나타났느냐? 이토록 내 마음을 노예로 만들어 놓고 왜… 너는 전부를 허락하지 않느냐?"

이 세상에서 가장 높은 지위인 자신이 왜 단 한 사람에게 이런 식으로 사랑을 갈구해야만 하는 것일까?

분하고, 그 이상으로 참을 수 없을 만큼 커져 버린 치사토를 향한 사랑에 코요는 적어도 이 몸만은 복종시키고 싶었다.

"됐다, 몸에게 물으면 알겠지."

허리를 세게 끌어안자 치사토의 옷은 몸에서 거의 벗겨져 완전히 엉덩이 아래에 깔린 상태가 되었다. 당연히 얼굴 앞에 드러난 자그마한 양물은 스스로 흘린 꿀에 젖어 빛나고 있었다. 코요는 안아 올린 치사토의 하체에 얼굴을 묻고,

"앗, 아훗, 잠, 그만둬!"

치사토의 손이 자신의 어깨와 얼굴을 밀어내는데도 아랑곳하지 않고 양물을 핥았다.

타액과 말간 체액이 입 속에서 뒤섞이고, 혀로 샘을 자극하면서 입술로 단숨에 문지르기 시작했다. 자신의 애무로 입 속의 것이 더욱 부풀어 오르는 게 느껴졌고 너무나도 싱

겁게 굴복하는 몸에 코요는 실눈을 뜨며 웃었다.

'금방 느끼는 몸에 대해서는 재고해 볼 필요가 있겠구나. 치사토.'

이 손안에서 마음껏 문란해지는 것은 상관없었다. 다만 그 얼굴을 다른 사내에게 보이는 것은 절대로 용납할 수 없었다.

그러나 이리도 쾌락에 약하니 원하지 않아도 농락당할 가능성이 있었다. 그것을 저지하기 위해서는 이 품이 아니면 안기기 싫다고 생각할 정도로 강렬하게 하나가 돼야 했다.

코요는 뿌리까지 머금은 양물을 끊임없이 혀로 훑고 이로 물었다. 살아 있는 생선처럼 펄떡거리는 모습에 어리다며 미소 지었다.

그칠 줄 모르고 샘에서 넘쳐흐르는 꿀을 그때마다 혀로 닦아내자 연분홍빛이었던 샘은 홍조를 띄듯 발갛게 물들어 갔다.

주물대던 주머니도 바짝 올라붙어 이제 한계에 가까워졌음을 일러주었다.

참게 만들 것 없이 뭉뚝한 끝을 강하게 빨자 치사토의 그것은 순식간에 여물어 코요의 입 안에 새하얀 씨를 뿌렸다.

끈적하고 뜨거운 액체가 입안에 퍼지는 것을 코요는 천

천히 혀로 음미하며 삼켰다.

'치사토의 몸은 온통 달콤한 이슬이라고밖에 달리 표현할 도리가 없군.'

씁쓸한 맛이 나기도 했지만 신기하게도 달콤했다.

사내의 것을 입으로 애무하는 일은 물론 받은 적은 있어도 해준 적은 없었다.

그 순간 코요의 머릿속에 지금까지 합궁했던 여인들의 모습이 스쳐 지나갔다.

열일곱에 즉위한 뒤 곧바로 코요에게 시집온 사별한 전처는 태어났을 때부터 코요의 정실로 정해져 있었다.

열 살 때부터 친부모 곁을 떠나 다음 천황의 황후에 걸맞은 교육을 받았던 그녀는 열다섯에 정식으로 피로연을 치를 때까지 숫처녀였고, 그냥 가만히 누워 고통을 견디며 코요를 받아들이던 모습은 쾌락을 느낀다고 볼 수 없었다.

황후가 세상을 뜬 뒤에 맞아들인 비는 그와 반대로 방중술에 뛰어난 여자였다.

천황의 아이를 낳을 가능성이 있기 때문에 일 년 동안 바깥세상과 접촉을 끊은 뒤 합궁하기 시작했지만, 황후와는 사뭇 다르게 적극적으로 코요를 기쁘게 해주려고 온갖 기교를 다했다.

총애를 받으면 바로 황후가 될 수 있다—그것을 노리고

있었을지도 모르지만, 쾌락만을 추구하는 관계는 확실히 코요 본인도 즐거웠는데, 그럼에도 아이가 생기지 않았던 것이 신기할 정도였다.

그 뒤에도 측실을 몇몇 품에 안았지만, 이제 와 생각해 보니 정변의 불씨가 될 사내아이가 태어나지 않은 것이 다행이었다.

'그래, 모든 것은 너를 위해 준비되었다고 해도 지나치지 않는다.'

남자인 치사토는 수태할 수 없다.

다툼이 일어날 일이 없는 만큼 마음 놓고 즐기면 될 테지만, 측실을 안을 때와는 달리 코요는 그것을 매우 아쉬워했다. 치사토가 아이를 낳을 수 있다면 자신의 품에서 달아날 수 있을 리가 없는데, 그런 구속하는 요인이 없기 때문에 이 품에서 놓치지 않으려고 어리석을 정도로 몸부림치게 된다.

그런 코요의 마음을 외면하고 치사토는 하늘로 돌아가고 싶다고 한탄하고 있지만, 치사토에게는 이 세상이 가장 행복해질 수 있는 장소라는 걸 왜 깨닫지 못하는 것일까?

그래서만은 아니지만, 코요는 이 쾌락에 솔직한 몸을 자신의 포로로 만들려고 기를 썼다. 손끝이 닿기만 해도 이 사랑스러운 분신에서 꿀이 흘러나오도록 철저하게 자신이라는 사내의 맛을 주입시켜 스스로 원하도록 농락하고 싶었다.

그러기 위해서라면 치사토의 분신을 입에 머금는 것도, 봉오리에 혀를 넣는 것도 마다하지 않았다.

'참으로 고집스러운······.'

"아흑, 하앗··· 흑······."

절정의 순간을 맞이한 치사토의 몸은 긴장이 풀려 옷 위에 팔다리를 축 늘어뜨리고 있었다. 코요는 하얗게 더럽혀진 양물을 핥아주고 얼굴을 들어 이름을 불렀다.

"치사토."

"아, 아키, 마, 사··· 웃."

밭게 몰아쉬는 숨은 여전히 거칠었고, 답답해 보였다.

치사토의 손가락이 머리카락에 엉켜 있어서 단정했던 머리카락이 흐트러진 통에 이마로 흘러내리는 것이 조금 귀찮았다.

"······."

하지만 그 목소리의 달콤함으로 치사토가 이미 자신의 행위를 완전히 받아들였다는 걸 깨달은 코요는 입술을 포개면서 더 넓게 다리를 벌렸다.

"으응··· 흣."

아직 입안에 치사토의 체액이 남아 있어서일까, 쓴맛이

나는지 미간을 찡그린 모습이 재미있었다.

코요에게는 꿀로 여겨지는 그것이 당사자에게는 전혀 다른 모양이었다.

막 절정을 맞이한 양물은 조그맣게 움츠러들었지만, 다 마시지 못해 방울져 떨어지는 체액이 구슬을 타고 봉오리까지 흘러내리는 것이 보였다.

"…음란하구나."

이곳이 자신의 분신을 물어 삼키고 여인 이상의 쾌감을 선사해 줄 것이다.

여러 번 맛보아도 그 쾌감의 끝이 보이지 않을 정도로 치사토와의 행위는 농밀했고, 코요는 더한 쾌락을 서로 나누기 위해서 곧장 망설임 없이 봉오리에 입을 맞췄다.

*　　　*　　　*

"…훗."

'소, 소리… 으훗.'

아무리 눈을 감고 있어도 요염한 소리는 귀에 닿았다. 그것은 하체가 마비될 듯한 쾌감과 어우러져 자신의 몸에서 어떤 상황이 벌어지고 있는지 보이지 않아도 집요하게 알려주었다.

"흐읏, 아흑, 훗."

'더는… 싫, 엇.'

마음은 굴복하지 않았어도 몸이 이런 식으로 반응하면 내 안의 코요를 향한 마음이 희미하게 드러나고 만다.

어쩌면 나는 이미 이 남자에게 사로잡혔을지도 모른다고, 그런 것까지 생각했다.

키요시게에게 원래 세계로 돌아가고 싶다고 했던 건 거짓말이 아니었다.

"으응!"

하지만 자신은 너무나도 쾌감에 약했다. 치사토는 마음속으로 어쩔 수 없다고 자조하면서 참지 못하고 코요의 입 안에 하얀 열기를 토해냈다. 그때의 쾌감은 말로 형용할 수 없을 만큼 짜릿했다.

그와 동시에 이렇게까지 해준 코요에게 저절로 솟구친 감정이 있었다. 몸이 느끼는 쾌락일 뿐이라고 변명할 수 없는 무언가가…….

'아, 아니야. 몸뿐이야!'

치사토도 남자고 섹스에 대해 호기심도 있었다. 상대도 남자라는 건 한 번도 가정해 보지 않았지만, 쾌감 앞에서 몸이 먼저 굴복해 버리는 것은 불가항력이었다. ―그런데도 혐오감을 전혀 느끼지 않는 건 정말로 쾌락 때문일까?

"흐응."

멍하니 생각에 빠져 있던 치사토는 다시 주어지는 자극에 몸을 가볍게 팔딱였다.

하체를 엄습하는 강렬한 감촉.

가는 남자의 손가락뿐 아니라 둔부에 함께 미끄러지는 그 감촉은 틀림없이⋯ 혀였다.

'멍, 멍청이~ 읏!'

그런 곳에 아무렇지도 않게 입을 대는 코요의 감각을 의심했지만, 그것과 동시에 혐오보다 쾌감을 먼저 붙든 자신의 감각도 이미 능욕당하고 있을지도 모른다는 걸 뼈저리게 깨달았다.

"으흥, 아홋, 흐읏,"

혀는 그곳을 타액으로 흥건하게 적시며 정성껏 길들여 갔다. 아직 손가락조차 들어가지 않을 만큼 굳게 닫힌 봉오리에서 타액이 방울져 치사토의 것을 타고 밑에 깔린 옷을 적셨다.

"하앗, 싫, 그, 그⋯ 만⋯ 흑."

아무튼 숨쉬기가 힘들어서 일단 멈춰주길 바랐지만, 코요는 짓궂게 장난치듯 이번에는 분신으로 손을 뻗었다.

봉오리를 쓸어 올리고, 분신을 손가락을 괴롭히며 급격하게 절정으로 몰아가자 기분이 좋아지는 것보다 고통이

컸다.

"으흥… 싫엇."

혀가 약간 느슨해진 봉오리 안까지 들어왔다. 몸 안쪽을
핥을 수 있다니 믿기 어려웠지만, 간질간질한 느낌이 기분
좋았다.

"으흥… 흑."

자신보다도 크고 긴 손가락. 남자임이 분명한 그 손에 분
신을 희롱 당하다니, 사실 있어서는 안 될 일이었다.

그리고 가장 기분 좋은 곳에 닿지 않는 혀가 그리워서 허
리를 흔들다니……. 마음으로는 있을 수 없는 일이라고 부
정하는데도 머릿속으로는 이제 주어진 자극을 받아들일 수
밖에 없다고 체념하게 되었다.

"치사토… 사이죠와 무슨 이야기를 나누었지?"

때마침 다시 열기를 토해내려고 할 때, 느닷없이 분신을
세게 잡혀 쾌감이 끊기는가 싶더니 코요의 냉정한 목소리
가 들렸다.

"싫, 어엇!"

풀어달라고 손을 뻗다가 반대로 코요에게 붙잡혀서 바닥
에 짓눌렸다.

"아, 아키마, 삿!"

방금까지 쾌감을 높이기 위해 움직이던 손이 지금은 무

정하게도 그것을 가로막고 있었다.

치사토는 더 이상 참지 못하고 떼를 쓰듯 다음 행위를 졸랐지만, 코요의 힘은 조금도 누그러질 기색이 없었다.

"정직하게 말하면 이대로 쾌락을 주겠다."

"아, 아키… 읏."

"말하지 않으면 놓지 않겠다."

"…으읏."

말할 수 있을 리가 없었다. 숨겨야 하기 때문에 몸으로 때우겠다고 마음먹었는데 털어놓으면 그야말로 화만 자초한 꼴이었다.

쾌감으로 뿌옇게 흐려진 머리로 어떻게든 그것만큼은 기억하려고 애썼지만—

"치사토."

그것을 쥔 채 대답을 재촉하듯 강약을 조절해 자극하자 감당할 재간이 없었다. 아이를 만들었을 만큼 여자를 제법 품었다는 건 알고 있었지만, 혹시 남자를 상대로도 해봤는지 의심스러울 만큼 뛰어난 기교였다.

'나, 나 말고도 더?'

어쩐지 불합리했다. 따지고 싶었지만, 열린 입에서는 비참한 신음 소리밖에 나오지 않아서 치사토는 참을 수 없어 잇달아 고개를 흔들었다.

"그래, 넌 이토록 느끼고 있구나. 어서 절정을 맛보고 싶지 않느냐?"

보란 듯이 얼굴 앞에 들이밀어진 커다란 손바닥은 아까 자신이 토해낸 하얀 체액으로 더럽혀져 있었다. 불빛을 받아 음란하게 반짝이던 그것이 자신이 얼마나 느꼈는지를 일깨워 주는 것 같아서 극심한 수치심을 느꼈다.

'어, 떡해.'

눈앞이 눈물로 번지고 머릿속이 패닉 상태가 되었다.

"아키마사."

"……"

"아키, 마, 사아… 윽."

입에서 남자의 이름만 흘러나올 지경에 이르렀을 때,

"…너는 참으로… 나를 난처하게 만드는구나."

뜻밖에 웃음기를 머금은 목소리가 들렸다. 하지만 쾌감을 몰아내려고 안간힘을 쓰고 있는 치사토에게는 그 목소리가 흐릿하게 들렸다.

"하악, 하악, 으흥."

"하나, 그래도……"

괴롭고 괴로워서 도와주는 것은—

"아, 아키 웃, 아키마, 사아."

'싸, 싸고 싶어…… 웃.'

코요의 손가락이 느끼는 부위를 훑자 치사토는 당장에라도 절정에 도달하고 싶어졌다. 그런데 커다란 손이 쾌락을 토해낼 타이밍을 계속 피하면서 더 세게 움켜쥐는 통에 어찌할 도리가 없었다.

다리를 움직이고 손을 뻗어봤지만, 연약한 자신으로서는 다부진 팔을 떨쳐낼 수 없어서 그저 부탁이라며 이름만 계속해서 불러댔다.

"아, 아키… 웃."

"…비겁하구나, 치사토. 이런 때에 이름을 부르다니……."

하지만 눈앞에는 있는 것은 이 남자뿐이었다. 코요만이 자신을 기쁘게 해주기 때문에 그 이름을 부를 수밖에 없다고, 초조함에 사로잡혔다.

"으읍."

갑자기 입술이 막히고 끊임없이 신음을 내뱉으며 열려 있던 입안으로 혀가 들어왔다. 이번에는 그 혀를 제 쪽에서 필사적으로 빨자 그 보상인지 치사토의 쾌감을 높이려는 듯 손이 움직이기 시작했다.

멈췄다 애태웠다 하는 것이 아니라 성급하게 몰아치는 듯한 움직임에, 치사토는 키스를 하는 중에 코요에게 애원했다.

"이, 이제 웃, 됐어?"

이 쾌감에 몸을 맡겨도 괜찮겠냐고 물으니 말 대신 움직이는 손끝이 샘을 부추겼다.

"흐윽!"

치사토는 곧 코요의 손안에 체액을 토해냈다.

한번 막힌 뒤 찾아온 절정은 강렬한 쾌감으로 치사토를 휩쓸고 지나갔고, 치사토는 온몸에 힘이 빠져 허리를 바들바들 떨었다. 그리고 아마도 코요의 몸을 향해 있었을 손끝이 바닥으로 툭 떨어졌다.

*   *   *

열기를 토해낸 치사토의 몸은 완전히 늑진하게 풀려 있었다.

이번에는 이쪽 차례라며 코요는 몸을 일으켜 가는 허리를 잡고 끌어당겨 이미 딱딱해진 제 분신을 젖은 봉오리에 비벼댔다.

찌걱 하고 음란한 물소리를 내면서 뭉툭한 끝으로 봉오리 입구를 문지르다 이윽고 그것을 봉오리에 집어넣었다.

이것만으로도 속살의 열기를 느꼈지만, 깊은 곳을 점령해서 더 마음껏 쾌락을 느끼기 위해, 그리고 자신의 몸이 어떻게 변화해 가는지를 치사토에게 일깨워 주기 위해, 코요는 일부러 끝 부분을 봉오리 안으로 천천히 밀어 넣었다.

"싫… 아아… 아윽."

아직 손가락으로 속살을 길들여 주지 않았기 때문에 양물은 좀처럼 안으로 들어가지 못하고 끝만 약간 머금은 단계에서 치사토가 고통스러운 신음 소리를 흘렸다.

코요도 조여드는 아픔에 미간을 찡그렸다.

본래는 향유로 풀어주는 것이 치사토의 몸에도 좋겠지만, 이것은 이른바 자신을 몸으로 속이려고 했던 치사토에 대한 벌이었다. 다소 아플지라도 받아들여야 했다.

"아, 아파. 윽, 넣지, 마윽!."

"숨을 쉬어."

"안 돼… 읏."

"내쉬지 못하면 고통이 끝까지 계속될 것이다."

그 말에 치사토는 눈물을 흘리면서도 하아하아, 하고 여러 번 호흡했다.

"옳지."

조금씩, 코요는 허리를 움직였다. 약간의 틈도 없이 좁은 봉오리 안을 자신의 분신으로 벌리면서 길을 넓히는 식이었다. 단숨에 밀어 넣으면 아픔도 잠시겠지만, 그것조차 용납하지 않을 정도로 비좁은 속살에 자신도 이마에 땀이 맺

히면서 코요는 자신의 옷을 움켜쥔 치사토의 손에 제 손을 포갰다.

"내 것이 어떤 모양인지 알겠느냐?"

"흐읏, 으흥. 읏!"

"네 안을 범한 내 분신의 형태… 네 것이다."

코요는 그렇게 말하면서 기름진 몽둥이를 추르륵 하고 안으로 밀어붙여 굴곡진 주름 사이사이를 끝부분으로 마찰하듯 자극했다.

치사토는 참지 못하고 연신 교성을 질러댔다.

"하악, 아읏."

"치, 사토."

"이, 이제, 아흑."

끊임없이 소리를 지르는 통에 치사토의 입가에서 미처 넘기지 못한 타액이 흘러내렸다.

그것을 핥아 올린 코요는 그대로 입술을 포갰고, 혀가 뒤엉키는 농밀한 키스를 반복하면서 치사토의 몸 깊은 곳을 제 분신으로 계속해서 범했다.

외설스러운 물소리와 맨살이 부딪치는 소리가 울려 퍼지고 있을 때였다. 자신의 몸 아래에서 하느작거리던 치사토가 등에 매달려 온 것이다.

"이거…… 홋."

"응?"

무슨 말이 하고 싶은 건지 애써 입을 열지만, 나오는 것은 거친 숨소리뿐이었다. 치사토 본인도 그걸 느꼈는지 눈물로 얼룩진 얼굴을 찡그리면서 코요의 등에 두른 손으로 코요의 기모노를 당기기 시작했다.

"이거… 싫어, 흣."

"치사토……."

마치 기모노로 방해받기 싫다고 말하는 것 같았다.

더 요구하는 듯한 그 몸짓이 사랑스러워서 코요는 땀이 밴 얼굴에 미소를 띠었다.

'참으로 솔직하지 않구나.'

이토록 자신을 원하고 있다고 행동으로 드러내고 있는 주제에 입으로는 미운 소리만 골라 하는 치사토. 그것이 수치심 때문이라 하더라도 듣는 이는 다소 쓸쓸해진다는 걸 알고 있을까?

그러나 쓸쓸함보다 사랑하는 마음이 앞서는 어리석은 자신이 있었고, 코요는 이 감정이 진실한 연정이라는 것인가 하고 어딘지 모르게 제 심경의 변화를 즐기고 있었다.

"으흥, 하읏."

뒤엉킨 혀를 풀고 귓불을 입에 머금어 혀로 핥자 간지러운지 몸을 비틀었다. 그사이에 아직 걸치고 있던 기모노를 벗어던지고 치사토를 맨살로 껴안았다.

그 바람에 속살이 양물을 강하게 조여서 코요의 하체에
도 날카로운 쾌감이 밀려들었다.

"으흥, 이, 이제 으흑."

"치사토, 으윽."

"아, 아키, 마사 아훗."

"…치사토, 사이죠와 무슨 이야기를 했지?"

"하훗… 뭐?"

욕정에 젖은 눈동자가 자신의 모습을 비추고 있었다. 치
사토의 의식은 이미 혼탁해졌을 것이라 확신했기 때문에,
코요는 미치도록 듣고 싶었던 것을 물었다.

'설마, 그 녀석과 통했으리라고는 생각지 않으나……'

오늘 치사토의 봉오리에 삽입할 때도 마치 통하지 않았
을 때처럼 자신의 분신이 들어오는 것을 거부했다.

그 때문에 치사토와 사이죠의 관계를 염려할 필요는 없
어졌다. 처음부터 자신의 영향력이 미치는 저택 안에서 처
를 빼앗길 가능성은 전혀 염두에 두지 않고 있었지만.

그러나 아직도 달아나려고 발버둥 치고 있는 치사토였
다. 무언가 좋지 않은 것을 고민하고 있는 건 아닌지, 그 본
심을 알아두고 싶었다.

"치사토, 대답하거라."

"어… 홋, 뭐?"

"그래, 대답하지 않겠다면 이것을 뺄 테다. 그래도 좋으냐?"

치사토의 봉오리에서 천천히 몽둥이를 빼서 절반쯤 나오자 쾌락을 탐하고 있던 치사토는 싫다며 잇달아 고개를 저었다.

"싫, 싫, 엇."

"하면 말해라."

절반보다 더 조금 깊이 남근을 넣어주었다.

"아홋!"

"……."

'고집도 지나치면 귀엽지 않단다.'

이성 따윈 저 멀리 날려 버렸으면서 입을 열지 않는 치사토의 고집에 조바심이 난 코요는 가느다란 허리를 꽉 잡고 단숨에 양물을 찔러 넣었다.

추륵, 하는 격렬한 물소리와 함께 치사토의 봉오리에 뿌리까지 넣자,

"아아흑!"

새된 비명과 동시에 치사토의 것에서 흰 물줄기가 용솟음쳤다. 그 액체는 밀착한 코요의 배에도 흩뿌려졌지만, 코요는 전혀 개의치 않고 더욱 거세게 허리를 밀어붙였다.

방금 열기를 방출한 치사토의 양물은 그 움직임에 하릴 없이 흔들렸고, 코요는 허리를 움직이면서 움츠러든 그것을 쥐고 거칠게 손을 놀렸다.

몸 안과 밖을 동시에 범하자 치사토는 소리 없는 비명을 지르며 몸을 뒤틀었다.

절정에 이르렀는데도 허리놀림을 멈추지 않는 코요에게 치사토가 숨이 끊어질 듯 헐떡이며 멈춰달라고 호소했다. 분명 이 이상 느끼면 어떻게 될지 모르는 자신이 두려워서 그렇게 말할 수밖에 없는 것이겠지.

아직 멀었다, 라고 코요는 치사토의 귀를 끈적하게 핥아 올린 뒤 부추기듯 속삭였다.

"다 말해."

"……윽."

"사이죠와 무슨 흉계를 꾸몄느냐?"

말은 이미 귀에 들리고 있지 않겠지만, 극심한 쾌락에 빠져 있으면 의미를 이해하지 못할 수도 있었다.

그것보다도 치사토는 뜨거워진 열기를 어떻게든 발산하려고, 코요의 허리에 가는 다리를 두르고 깊게 연결된 부분을 의식하면서 허리를 흔들고 있었다.

"…윽."

그 순간 코요가 숨을 참았다. 옥죄면서도 꿈틀대는 속살의 비틀어 짜는 듯한 움직임에 자신이 절정에 이를 것 같았다. 치사토를 지배할 생각이었는데 자신의 몸도 이미 통제할 수 없을 정도로 뜨거워져 있었던 것이다.

"어, 어서, 큭, 웅? 아키마사… 흑."

"…으윽."

일렁이는 속살이 남근을 쥐어짜듯 조이고, 그러면서도 꿈틀거리듯 자극하고.

수차례 품어도, 아니, 수차례 품을 정도로 자신을 노예로 만든 치사토의 몸은 분명 남자임에도 이제는 여인 이상으로 코요를 기쁘게 하는 마성의 몸으로 변해 있었다.

'하는 수 없지… 윽.'

이대로라면 치사토에게 몰려서 아쉽게 열기를 내보낼 것 같아, 키요시케와의 일을 추궁하는 것은 잠시 접어두고 코요는 다시 치사토를 몰아치듯 양물을 찔러 넣었다.

조여드는 속살을 강제로 휘젓고 치사토가 느끼는 곳을 끝으로 자극했다.

치사토의 음란한 모습에 이미 뜨거워져 있던 코요의 양물은 마찰이 거세질수록 성장했고, 연거푸 체액을 토해냈던 치사토의 사랑스러운 분신도 다시 힘을 얻어,

"아훗, 하악, 으흥……!"

치사토가 토해낸 열기가 다시 자신의 배를 더럽히던 순간,

"…윽."

쥐어짜듯 옥죄이고, 화상을 입을 것처럼 뜨겁고, 녹아내릴 만큼 무르익은 치사토의 가장 깊은 곳에, 코요는 자신의 욕망 그 모든 것을 쏟아내듯 내뿜었다.

"하악, 하악, 하악."

모든 체액을 토해낸 뒤에도 코요는 제 분신을 치사토의 봉오리에 넣은 채 빼지 않고 있었다.

아니, 자신의 것으로 막은 셈이 된 치사토의 속살에 제 체액을 흡수시키려는 듯 허리를 뭉근하게 놀렸다.

"이, 이제, 힘들… 웃."

치사토는 완전히 녹초가 되었는지 가냘프게 애원했지만, 코요는 그럴 수 없다며 일언지하에 거절했다.

"이제, 못해, 웃."

"받아들이는 몸이면서 참으로 체력이 없군."

"…아, 아키마사가 절륜한 거야!"

"절륜? 무슨 소리냐?"

처음 듣는 생경한 단어를 되묻자 치사토가 눈물로 붉어진 눈으로 바라보았다.

그 속에는 의심의 빛이 어려 있는 듯한 기분이 들었다.

"알면서 그러는 거지?"

"모르니까 묻는 것이다."

그러고 있는 사이에 치사토도 진정되었는지 말이 또렷해졌지만, 이따금 미간을 찡그리며 입을 앙다무는 표정을 보였다.

아직 그대로 있는 코요의 것이 신경 쓰이는 모양이다.

"말하지 못하겠느냐?"

"지금 하잖아. 그러니까."

"치사토, 움직이지 않을 테니 가르쳐 다오."

"참나… 윽!"

몸은 아직 깊이 이어져 있는데도 이렇게 서로 말을 주고받는 것은 그 상대가 치사토이기 때문이었다. 왠지 지금 이 상황이 즐거워서 코요는 무심코 쿡 하고 웃음을 터뜨리고 말았다.

*　　　*　　　*

다음 날, 치사토는 예상대로 허리를 펴지 못했지만, 그럼에도 자신의 입으로 탈출 계획을 발설하지 않았다는 데 안심했다.

혹시 그대로 코요의 테크닉에 지게 되는 건 아닌지 걱정했는데 코요도 다분히 섹스에 빠져 있었던 것 같았다.

'이런 능력만 향상되고… 이게 뭐야.'

어쩐지 자신이 점점 평범한 학생에서 멀어져 가는 느낌이 들었지만, 어차피 자신이 이 세계에 머물 날도 얼마 남지 않았다.

'키요시게 씨, 제발 성공해 주세요…….'

치사토는 키요시게가 탈출 루트를 확보해 주기를 바라면서 온종일 침상 안에서 정원을 바라보고 있을 수밖에 없었다.

*   *   *

"그렇군."

마츠카제로부터 치사토의 상태를 들은 코요는 무심코 쓴 웃음을 지으면서 손에 든 부채로 무릎을 쳤다.

아침에 치사토의 모습을 봤을 때도 도저히 움직이지 못하겠구나 싶었는데, 오늘은 그 예상대로 얌전히 침상에 누워 지내고 있는 모양이었다.

"마츠카제."

"네."

"치사토가 사이죠를 어떻게 말하더냐?"

"……."

'역시 마츠카제에게도 아무 말 하지 않았나?'

나쁜 생각을 하고 있는 것은 알고 있는데 더 구체적으로 알고 싶었다.

치사토가 광려전에서 빠져나가는 것은 불가능하나 그렇다고 해서 어떤 방법도 없는 거냐고 묻는다면, 코요는 인간이 하는 일에 실수는 있다고 믿었다.

치사토를 놓치지 않기 위해 자신이 무엇을 해야 할지…… 곰곰이 생각하던 코요는 옆에 대기하던 장인 가운데 한 사람을 불렀다.

"당장 좌근위대장을 부르거라."

명령에 곧장 일어난 장인의 등을 바라보던 마츠카제가 코요에게 시선을 돌려 외람되오나, 라고 머리를 조아리며 입을 열었다.

"폐하, 부디 치사토님의 마음을 헤아려 주십시오."

"……달아나려는 그 마음을 인정하라고?"

빈정거리듯 입가를 일그러뜨리자 마츠카제는 아니옵니다, 라고 강하게 부정했다. 그럼에도 치사토의 심정을 염려하는 말을 코요에게 전했다.

"치사토님은 아직 그 마음이 성숙하지 않으시옵니다. 폐하의 총애를 받으신다는 것이 얼마나 큰 행운인지 모르고 계시옵니다. 분명 시간이 지나면……"

"난 그것을 기다릴 만큼 한가하지 않다."

마츠카제가 말하는 대로 가능하다면 자신도 치사토의 마음이 농익을 때까지 차분히 기다려 주고 싶었다. 하지만 치사토는 이 나라의 백성이 아니라 하늘의 아이였다. 언제 이 손안에서 빠져나갈지 그것이 걱정되는 한 조금이라도 빨리 그 몸도 마음도 붙들어 매어두고 싶었던 것이다.

"폐하."

"치사토에게 돌아가거라. 이상한 낌새가 보이면 즉시 보고하도록."

"…예."

마츠카제는 아직 할 말이 남은 듯한 표정을 짓고 있었지만, 코요는 단호하게 명령해서 물러가게 했다.

치사토를 위해주는 것은 좋지만, 마츠카제의 주인은 천황인 자신이었다. 그 말에 따르는 것이 신하라고, 코요는 물러가는 마츠카제의 등을 조용히 지켜보았다.

"폐하."

마츠카제가 물러나고 바로 나카츠카사가 들어왔다.

임무 중에 코요가 부르는 일은 드물었다. 개개인의 능력을 세심하게 파악해서 임무를 부여하는 코요는 그 임무를 맡기는 데에 고심한 만큼 일단 일을 맡긴 이상에는 업무에 간섭하지 않았다. 그렇기 때문에 근무 중에 긴급하게 호출

받은 나카츠카사의 표정은 굳어 있었다.

"아, 왔는가, 나카츠카사."

"……."

하지만 코요의 인사에 나카츠사카는 미간을 약간 찌푸렸다.

코요가 나카츠카사를 직위가 아닌 이름으로 부르는 것은 무언가 개인적인 이야기가 있을 때였다.

하지만 그 대부분은 나카츠카사의 근무가 끝난 뒤로, 지금처럼 근무 중에 부르는 일은 좀처럼 없었다.

"무슨 용건이십니까?"

"치사토 일이네."

"…치사토님의?"

상상하지 않았던 이름이 나온 탓인지 나카츠카사는 의아한 듯 되물었다.

"그렇네. 그의 동태를 살펴줬으면 하네. 가능하면 피로연 날까지 광려전에 근위 병사를 많이 배치해 주게."

넓은 저택의 경비 계획을 세우는 건 나카츠카사의 업무로 그것에 코요가 참견하는 일은 지금까지 없었다. 이 말에 다른 속뜻이 있다는 걸 깨달았는지 나카츠카사가 코요에게 바짝 다가왔다.

"무언가 수상한 낌새라도?"

"수상이라……. 그렇긴 하지."

키요시게를 불러내 혹독하게 문책하는 편이 쉬울지도 모른다. 하지만 그렇게 해서 치사토가 더욱 고집스러워지는 것도 곤란했다.

치사토는 이 손안에서 자유롭게 뛰어다니길 바랐다. 얌전하기만 한 처는 새삼 원하지 않았다.

'그러나 이 손안에서 뛰쳐나가려고 한다면……'

어떤 수단을 써서라도 붙잡겠다.

"폐하, 정확히 가르쳐 주십시오. 대체 무슨 일이 있었던 겁니까?"

함축적인 말투에 조바심이 났는지 나카츠카사가 더욱 강하게 물었다.

과연 자신의 질투심만으로 좌근위대장을 움직이는 상황은 탐탁지 않았으나, 그럼에도 코요는 자신이 가장 신뢰하는 자가 가장 소중한 치사토를 지켜주길 바랐다.

"이건 비밀로 해두게."

미리 언질을 주고 나서야 코요는 이야기를 꺼냈다. 치사토와 키요시게의 수상한 대면과, 그 뒤 굳게 입을 다문 치사토를 보면 무언가 꾸미고 있을지도 모른다—그렇게 말하자 나카츠카사는 한숨을 크게 내쉬었다.

더 큰 정무나 코요의 목숨과 관련된 일이라고 생각하고

있었는지, 모든 것을 이야기했을 때 나카츠카사의 표정에는 아닌 게 아니라 황당함이 섞여 있었다. 그래도 코요에게 잔소리는 하지 않겠다고 결심했는지, 불쾌한 표정을 지으면서도 '외람되오나' 하고 말을 꺼냈다.

"그런 경우 사이죠를 잡아들이심이 어떨는지요?"

극히 당연한 듯 의견을 말하는 상대에, 코요는 씁쓰레하게 웃으면서 되물었다.

"아직 아무것도 하지 않은 지금 말이냐?"

"……."

"죄가 없는 자를 잡아들이면 도리어 내가 얼간이라고 비난 받게 될 것이라 생각하는데."

그렇게 말하자 달리 대답할 도리가 없는지 나카츠카사가 입을 다물었다.

물론 천황의 노여움을 샀다고 말하면 키요시게를 체포하는 일은 쉬웠다. 하지만 지금 두 사람이 무엇을 작당하고 있는지 모르는 단계에서는 움직일 수 없었다.

더욱이 키요시게를 구속하더라도 치사토가 다시 다른 자의 손을 빌리려 한다면 그땐 어찌할 것인가.

그것까지 고려한다면 지위가 있는 키요시게 쪽이 어떤 의미에서는 지켜보기 쉬웠다. 이대로 남자를 자유롭게 놓아두는 쪽이 상책인 것 같았다.

"이제 얼마 남지 않았네. 알고 있겠지?"

코요는 바로 대답하지 않는 나카츠카사의 이름을 거듭 불렀다.

"토모유키."

"…알겠습니다."

나카츠카사는 동의했다.

"괜찮겠나?"

"폐하께서 직접 하명하신 일입니다."

딱딱한 대답에 무심코 웃자 나카츠카사의 진지한 얼굴이 더욱더 일그러졌다.

"웃으실 일이 아닙니다, 폐하. 저는 아직 괜찮지만 다른 이에게는 여인에 빠져 계신다고 험담을 듣지 않도록 주의 하셔야 합니다."

"알고 있네."

이것은 죽마고우인 나카츠카사이기 때문에 할 수 있는 조언이었다.

'하긴 내가 새 처에 빠져 있다는 게 알려져도 나쁘지 않 겠군.'

코요가 치사토를 특별하게 대하면 자연스럽게 주위 사람 들도 치사토를 그런 눈으로 보게 되게 마련이었다. 그러면 치사토도 남의 이목이 의식되어 자유롭게 돌아다니지는 못하게 될 것이다.

"참으로… 말괄량이라 곤란하군."

"자네가 직접 선택한 분이지 않은가."

"…나 원 참."

이렇게까지 자신을 휘두르는 치사토이기 때문에야말로, 자신이 지금 치사토에 빠져서 허우적대고 있는 것임을 알고 있었다. 죽마고우이기 때문에 할 수 있는 나카츠카사의 날카로운 지적에 코요는 한숨을 쉬고 말았다.

*　　　*　　　*

"이제 일어나실 수 있으시겠사옵니까?"

"응. 누워만 있었더니 지겨워."

해가 벌써 기울었을 무렵, 치사토는 가까스로 침상에서 일어났다.

오늘은 종일 가만히 누워 있었기 때문에 지금도 허리에 욱신거리는 통증을 느끼기는 했지만, 움직이지 못할 정도는 아니었다.

"마츠카제."

"네."

어젯밤 두 사람이 토해낸 열기로 엉망진창 더럽혀진 잠

옷이나 까는 요 대용인 기모노는, 치사토가 깨어났을 때에
는 깨끗한 것으로 바뀌어 있었다.

코요가 뒤처리를 해준 것인지, 아니면 마츠카제가 해준
것인지는 모르겠지만, 그런 걸 깊이 생각하고 있다간 수치
심에 기절할 것 같아서 무시하기로 했다.

지금도 마츠카제는 자느라 흐트러진 치사토의 기모노를
매만져 주고 있었다. 평소대로라면 이후에는 저녁 식사를
먹겠지만—

"저기……."

'아키마사가… 무슨 말 했으려나?'

어제 저녁 상당히 긴 시간 동안 추궁 당했지만, 그럼에도
키요시게와의 비밀을 입 밖에 꺼내지는 않았… 을 것이다.
다만 마지막 순간에는 치사토도 의식이 몽롱했었다는 것을
떠올리고, '혹시'라는 걱정은 희미하게나마 남아 있었다.

"치사토님?"

"…아무것도 아니야."

'만약 아무 일도 없었다면 스스로 무덤을 파는 거잖아.'

아무것도 말하지 않는 쪽이 오히려 낫다는 걸 이미 예전
에 깨우친 치사토는 천천히 일어섰다.

"하아~"

몸 전체가 무거웠다. 더 자세하게 말하자면 아직도 하체

는 욱신거리는 둔한 통증과 열기를 동반하고 있었다.

"어디에 가시옵니까?"

"잠깐 좀……."

딱히 어디를 가려던 것은 아니었지만, 온종일 누워 있었기 때문에 조금 걷고 싶었다. 그러나 무심코 말끝을 흐린 것이 오히려 문제가 되었나 보다.

"어디에?"

"그게… 그러니까."

아무래도 마츠카제는 치사토가 목적지를 분명하게 밝힐 때까지 질문을 멈추지 않을 것 같았다. 마츠카제가 무언가를 알고 있다고는 생각하지 않았지만, 어쩌면 코요에게 키요시게와의 이야기를 듣고 경계하고 있는 건지도 몰랐다.

"…바람을 쐬려는 것뿐이야. 마츠카제도 같이 가도 좋아."

그렇게 말하고 걷기 시작하자 그 뒤로 마츠카제가 따라왔다. 역시 감시하기 위해서인가, 하고 생각하면서 복도에 나온 치사토는 기대를 담아 하늘을 올려다봤다.

"달……."

"달?"

붉게 물든 하늘에 떠 있는 달은 만월이 되려면 아직 먼 것 같았다.

그래도 이곳에 왔을 당시보다는 확실히 원에 가까워져 있어서, 가까운 시일에 만월이, 그때가 오면……. 어쩐지 올려다보기만 해도 가슴이 두근거렸다.

'돌아갈 수 있을까?'

만월이 뜰 때, 이 세계에 왔던 장소에 서 있으면 그때처럼 신기한 현상이 다시 일어나서 원래 세계로 꼭 돌아갈 수 있을 것이다.

그러면 다시 학생으로 돌아가, 남자에게 안겨 신음하던 모습 따윈 금세 잊어버리겠지.

'그래, 꼭… 잊어주겠어.'

"빨리 보름달이 뜨면 좋겠어."

'빨리……'

하늘을 올려다보면서 중얼거리는 치사토를 보며 무슨 생각을 하는 것인지, 마츠카제의 시선이 옆얼굴에 쏟아지는 걸 느끼면서도 치사토는 줄곧 입을 다문 채 하늘을 바라보고 있었다.

"고뿔에 걸리시옵니다. 돌아가시지요."

이곳에 얼마나 있었을까?

하늘이 완전히 어두워졌을 무렵, 여전히 꼼짝 않고 서 있는 치사토를 향해 마츠카제가 말을 걸었다.

"응, 배고파."

오늘은 아침부터 내내 아무것도 먹지 않았다. 코요 탓이라고, 새삼 어젯밤 자신을 안았던 남자를 향한 원망을 입속말로 중얼거리면서 막 방으로 돌아가려던 치사토는 문득 정원을 보고 걸음을 멈췄다.

'좀… 많은데?'

광려전은 코요의 개인 저택이기 때문에 원래 경비가 삼엄했지만, 치사토의 방 주변에는 사람을 그다지 배치하지 않았었다. 그것은 치사토라는 존재를 피로연이 끝날 때까지 숨기려는 이유도 있었지만, 한편으로는 치사토가 자신 아닌 다른 남자와 말을 섞는 것을 되도록 막기 위해… 라고 코요 본인이 말했다.

대관절 얼마나 질투가 심하기에, 라고 생각하긴 했지만 지금 눈에 보이는 정원과 복도에 있는 호위 병력의 수는 확실히 전보다 더 많아진 기분이 들었다.

"치사토님."

"……."

그뿐만이 아니었다. 자신들의 뒤에도 몇몇 사람이 바짝 붙어 있었다. 무사 옷을 입은 건장한 남자들이 움직일 때마다 뒤따라오는 통에 성가시기 짝이 없었다.

'대체 어쩔 셈이지?'

"마츠카제."

"네."

치사토의 부름에 마츠카제는 즉시 대답했다.

"…아키마사가 무슨 이야기 하지 않았어?"

"폐하께옵서 말씀이십니까?"

"응."

이 상황은 역시 치사토가 키요시게와 만났기 때문인 걸까? 눈에 띄게 환경이 변화할 만한 원인이라곤 그것밖에 떠오르지 않았다.

'역시 뭔가 의심하고 있어…….'

치사토는 아마도 코요가 자신의 태도를 수상하게 여기고 이런 식으로 감시를 늘린 것이리라 의심했지만, 마츠카제는 생글생글 웃으며 설명했다.

"피로연 날이 다가오고 있는 까닭에 폐하께옵서는 치사토님의 신변을 염려하고 계신 것이겠지요. 총애가 깊기 때문이라 여기시고 기뻐하심이 어떻는지요?"

"기뻐하라니……."

'감시당하는 느낌이 들어서 답답하다고.'

바깥 공기를 쐬려고 한 것뿐인데 몇 사람이 자신과 똑같이 움직였다.

남에게 시중 받는 데 익숙하지 않은 치사토는 그것만으로도 상당한 압박을 느꼈다.

코요는 늘 많은 사람에게 둘러싸여 있으면서 용케도 싫어하지 않는구나, 라고 새삼 그 점만큼은 감탄했다.

"하지만, 이 저택 안은 괜찮지 않아?"

"그렇게 생각하십니까?"

치사토는 지그시 자신을 바라보던 마츠카제에게 무언가를 말하려다 말았다. 이번 조치에 지나치게 불만을 늘어놓으면 불필요한 의심을 사게 될지도 몰랐다.

하지만 상황이 이렇다면 어떤 방법으로 키요시게와 연락을 주고받아야 할까?

'다른 사람에게 부탁한다고 해도 궁녀들은 마츠카제가 감시하고 있어서⋯⋯.'

내 편이 되어줄 사람. 그 인물을 얼른 찾아야 한다고 고민하면서 치사토는 주위 남자들로부터 시선을 돌렸다.

"하면 불편한 점은 없다는 말이냐?"

"예, 예. 아버님께는 두중장님께서 전해주시지 않으시겠습니까?"

"알았다."

키요시게는 오빠에게조차 황공한 태도를 보이는 이복누이를 차분한 눈빛으로 바라보았다.

배다른 어린 누이. 그녀의 어머니도 어느 정도 신분이 높은 여인인 듯 했지만, 가문을 이을 장남인 키요시게에게 있어서 오오카는 여자일 뿐 아무런 의미가 없는 존재였다.

하지만 오오카가 동궁의 여어로서 간택되자마자 가문 안에서 위치가 역전되었다.

이 나이치고는 출세한 편이었던 자신이, 아직 아이에 불과한 누이에게 지위로 단숨에 뒤처지게 된 것이다.

코요의 명으로 격하된 아버지는 다음 천황이 될 카즈아키에게 몹시 공을 들이고 있었다. 걸핏하면 안부를 묻겠다며 입궐하는 등, 대체 어느 쪽을 섬기고 있는지 모르겠다고 주위에서 험담할 정도였다.

키요시게는 얼굴을 마주한 적이 몇 번 있을까 말까 한 오오카와는, 엄밀히 말하자면 이렇게 만나는 것이 내키지 않았지만, 지금은 사정이 달라졌다.

'오오카가 가장 유용하니 말이야.'

도망치는 데 힘을 빌려주길 바란다.

그렇게 도움을 요청해 온 치사토와의 약속을 지키기 위해서는 누이의 존재를 이용하는 것이 최선책이라고 생각했다. 아직 아이인 오오카라면 코요의 눈을 속이기 쉬울 것이다.

"…또 오겠다."

우선은 오랜만에 알현을 청하며 경상전(慶尙殿)에 오긴

했지만, 애초에 두 사람 사이에서 이야기꽃이 필 수 있을 리가 없었다. 키요시게는 적당한 때를 봐서 일어섰다.

"…앗."

"왜 그러느냐?"

오오카가 발 너머에서 낸 소리에, 키요시게가 자리에 멈춰 섰다. 하지만 오오카는 금세 붙잡은 것을 사죄했다.

"아, 아니요. 죄송해요. 오늘은 감사했습니다. 얼굴을 뵙게 돼서 기뻤어요."

"……."

'아무 불편 없이 지내고 있을 텐데, 불안한 일이라도 있는 게냐?'

고작 몇 번 만나 말 한두 마디밖에 섞지 않았던 매정한 오빠라도, 만나게 되어 기쁘다고 이렇듯 솔직하게 말하는 오오카의 마음이 왠지 미워져서, 키요시게는 대답하지 않고 자리에서 물러났다.

'저것을 정말 써먹을 수 있을까?'

조금 더 깊은 이야기를 하고 싶었는데 지금 오오카의 모습을 보자 주눅이 들기라도 한 건지, 키요시게도 정작 중요한 이야기를 하지 못했다. 그래도 일단 한번 만나러 와두면 다음번에는 더 가벼운 마음으로 행동할 수 있다.

'지금 상태라면 충분히 협력할 수 있을 것이야.'

치사토에게도 이 소식을 알려야 했지만, 코요가 특별히 장인소까지 찾아올 정도로 자신을 경계하고 있는 지금, 어떤 수단을 강구하는 것이 가장 좋을까?

"사이죠."

"…큭."

고민하면서 나선 순간 등 뒤에서 이름을 불린 키요시게는 그만 웃고 말았다.

자신이 이곳에 온 이유를 아는 건지, 아니, 애초에 이 인물이 왜 이곳에 있는지, 키요시게는 여러 가지 경우의 수를 추측하면서 태연히 뒤를 돌아 자신보다 지위가 높은 상대에게 한쪽 무릎을 꿇고 머리를 숙였다.

"좌근위대장 아니십니까?"

코요 천황의 측근인 나카츠카사. 경계하지 않으면 안 된다고 정신을 바짝 차렸다.

나카츠카사는 제대로 예를 갖춘 키요시게에게 시간을 내줄 수 있냐고 물었다.

"무슨 용건이십니까?"

"이곳에서는 말하기 곤란하다."

나카츠카사가 키요시게에게 대화를 청한 적은 한 번도 없었다. 혹시나, 하고 생각은 했지만, 나카츠카사의 태도로 보아 그가 코요에게 자신과 치사토에 관한 이야기를 들은 것이 분명하다고 이해했다.

'대체 무엇을 묻고 싶은 것인가……'

"사이죠."

나카츠카사는 즉시 대답하지 않는 키요시게에게 방금 전보다 더욱 위협적인 목소리로 말했다. 피할 수 없다는 판단하에 고개를 끄덕이자 나카츠카사는 이쪽으로, 라며 등을 돌렸다.

경상전 안에서 이야기할 생각은 아니었는지, 나카츠카사는 입을 굳게 닫고 건널복도를 계속 걸었다. 키요시게는 그 뒤를 따르면서 문득 깨달았다.

'…위병이 많다.'

광려전을 에워싼 경비는 본래 엄중했지만, 지금 눈에 보이는 자들만 헤아려도 확실히 수가 많아져 있었다. 이런 깊은 곳까지는 좀처럼 들어온 적도 없었지만, 그런 키요시게의 눈에도 이상해 보일 정도였다.

코요가 경계를 강화했다는 것은 그만큼 치사토를 향한 그의 집착이 강하다는 뜻이었다. 키요시게는 그런 치사토가 자신에게 코요로부터의 탈출을 부탁했다는 사실에 몸이 부르르 떨릴 정도로 고양감을 느꼈다.

"이쯤이 적당하겠군."

"……."

경상전에서 떨어진 정원 깊숙한 곳으로 그를 뒤따라가 마주서자 고지식한 나카츠카사답게 단도직입적으로 물어 왔다.

"사이죠, 치사토님에게 무언가 부탁받지 않았나?"

"…치사토님에게?"

"그렇다."

나카츠카사의 매서운 눈빛이 키요시게의 속내를 가늠하려는 듯 보였다.

그러나 이곳에 오는 길에 이미 마음의 준비를 마친 키요시게는 아무 일 없었다는 듯 대답할 수 있었다.

"제 일의 성격상 치사토님과 관련될 일은 없습니다. 어떤 생각으로 그렇게 여기시는지는 모르겠으나 좌근위대장이 착각하고 계신 것 같습니다."

당당한 말투에 나카츠카사의 미간이 찌푸려졌다.

"치사토님이 특별히 장인소에 들르셨다고 들었다만."

"어떤 일을 하고 있는지 구경하셨을 뿐입니다."

"참말이냐?"

"치사토님께 여쭤보시면 아실 일입니다."

"……."

나카츠카사에게는 물론 코요에게도 결정적인 장면은 들키지 않았다. 의심이 간다 하더라도 쉽사리 입 밖으로 꺼내기는 어려울 것이다.

확신을 품은 키요시게가 당당하게 응수하자 나카츠카사
도 다음 말이 나오지 않는 모양이었다. 아무래도 여기까지
인가, 하고 머리를 깊게 숙인 뒤 자리를 떠나려고 했다. 그
등 뒤에서 나카츠카사가 불러 세웠다.

"하면 치사토님에게 직접 여쭙겠다."

"……"

"그래도 되겠느냐?"

"예."

표정은 변하지 않았을 것이다. 키요시게는 그 대답을 뒤
로하고 이번에야말로 장인소를 향해 걷기 시작했다.

*   *   *

피로연 준비는 막힘없이 진행되었다.

'기다리는 일만 남았구나.'

코요는 내려다보던 서면에서 얼굴을 들었다.

"……"

아직 처리하지 않은 것은 왼쪽에, 처리가 끝난 서류는
오른쪽에 놓아두고 있었지만, 무의식중에도 정무를 돌보
는 손을 멈추지 않았던 건지 왼쪽에 있는 산이 줄어들어 있

었다.

"응?"

그런 코요의 눈앞에 있는 것은 피로연에서 연주될 곡목을 적은 종이였다.

그 서면을 보고 있던 코요의 머릿속에 사랑스러운 얼굴이 떠올랐다.

"……."

치사토가 얌전히 피로연을 맞이하리라고는 생각지 않았다. 아니, 물론 그래준다면 코요로서도 안심이었지만, 그날 밤 그토록 추궁했는데도 결국 입을 열지 않은 치사토의 고집에 골치가 아팠다.

코요의 명령으로 마츠카제도 나카츠카사도 상황을 감시하고는 있지만, 그렇다고 코요가 마음을 푹 놓고 있을 정도로 느긋한 성격은 아니었다.

"폐하."

골똘히 생각에 잠겨 있던 코요는 복도에서 근위병이 부르는 소리에 고개를 들었다.

"무슨 일이냐?"

"태정대신님이 뵙기를 청하십니다."

"왔느냐. 들이거라."

"예."

태정대신인 하기노 코세츠(萩野降雪)는 코요가 치사토의 양부모로 정한 남자였다.

제 능력으로 가문의 명예뿐 아니라 지금의 지위까지 거머쥔 하기노는, 유능한 측근임과 동시에 코요에게는 잔소리 심한 감시꾼이기도 했다.

하지만 코요는 하기노를 싫어하지 않았다. 남자의 귀중한 의견은 실로 적확했고, 세상을 다스리는 데 참고가 될 때도 많았다. 순종만 하는 신하는 곁에 둬봤자 자신에게 득 될 게 없다고 여겼다.

'그런 까닭에 하기노를 저대로 앉혀두고 싶긴 하나, 능력 하나만 보는 건 생각해 볼 문제인가.'

코요는 자신의 신념을 재검토해야 할지도 모르겠다고 고민하고 있었다.

"폐하."

"그래, 잘 왔소."

얼마 뒤 모습을 드러낸 하기노는 코요 앞에서 깊이 머리를 조아렸다.

"고개를 드시오."

"예."

최고 지위인 태정대신에 오른 자이면서도, 하기노는 상당히 젊었다.

말 많고 제 이익만 챙기려 궁리하는 노인네들이 한통속이 돼도 맞서지 못할 만큼 유능한 남자는, 천천히 고개를 들고 깊은 미소를 뺨에 띤 채 입을 열었다.

"이제 곧입니다."

"이제 곧?"

"피로연 말입니다. 학수고대하고 계셨지요."

치사토를 향한 코요의 뜨거운 마음을 진즉부터 알고 있었던 하기노는 코요가 연회 때까지 기다리지 못할 정도로 들떠 있다고 믿는 눈치였다.

그 연애담을 듣게 되리라고 생각하고 있었던 모양이었지만, 코요의 얼굴을 정면으로 본 하기노는 곧 표정을 고쳤다.

"무슨 일이라도 있으셨습니까?"

'과연 감이 좋구나.'

이런 점이 쓸 만하다 싶었다.

"하기노."

"예."

"좌대신의 장남인 장인두 사이쇼 키요시게를 알고 있소?"

갑작스레 이름을 거론하자 하기노는 깊이 생각할 겨를도 없이 얼굴이 떠오른 것 같았다.

"좌대신의… 아, 얼굴 정도는 알고 있사옵니다만."

하기노와의 권력 다툼에서 진 형세인 사이죠의 아들. 아는지 모르는지 미심쩍었지만, 역시 하기노는 그 존재를 알고 있는 것 같았다. 그렇다면 더 자세한 부분까지 알고 있을지도 모른다… 그런 바람을 담아 코요는 말을 이어갔다.

"하면 그 키요시게와 친한 자는 알고 있소?"

"친한 자, 말씀이십니까?"

"금기를 깨서라도 힘을 빌릴 만한 존재요."

코요의 말에 하기노의 표정이 굳어졌다. 금기를 깬다는 것은 이 시대의 천황인 코요에게 등을 돌린다는 뜻이었다. 그런 자가 자신 아래에 있으리라고는 생각하기 싫을 것이다.

하지만 좌대신이 자신의 출세를 밀어준 코요를 증오한다는 사실 또한 알고 있었다. 제 생각을 어디까지 말해야 할지, 천하의 하기노도 쉽사리 판단이 서지 않는 모양이었다.

"폐하, 대관절 무슨 일이십니까?"

우선 원점부터 파악해야겠다는 생각에 재차 묻는 하기노에게, 코요는 어렴풋하게 쓴웃음을 지어 보였다.

"…그저 내가 사랑에 미쳐 있는 것뿐이오."

"폐하?"

"하기노, 지혜를 빌려주시게. 사랑에 눈이 먼 내가 놓치고 있는 것을 찾아내시오."

그렇게 부탁하며 코요는 지그시 하기노를 바라보았다.

*　　　　*　　　　*

간식으로 나온 만주를 먹고 있던 치사토는 '실례하옵니
다' 라는, 조금 허둥대는 듯한 궁녀의 목소리에 얼굴을 들었
다.

"무슨······."

"무슨 일입니까?"

그러나 치사토가 말을 걸기 전에 마츠카제가 가로막고
나섰다.

고귀한 존재는 직접 하인에게 말을 걸어서는 안 된다고
들었지만, 이렇게 바로 옆에 있는데 형식적으로라도 누군
가를 거쳐야 하는 것은 귀찮은 일이었다.

그렇지만 여기서 끼어들었다간 조심성 많은 마츠카제가
그 이유를 물을 것이 뻔했다. 다른 의도가 없는데도 의심받
다가 진짜 숨기고 싶은 것까지 발각되어 버린다면 큰일이
기 때문에, 치사토로서는 아무리 이해가 가지 않는 일이라
고 해도 지금은 잠자코 있기로 했다.

"실은 좌근위대장님이 치사토님께 알현을 청하십니다."

"뭐?"

하지만 그 이름을 듣자 저도 모르게 소리를 내고 말았다. 설마 그 남자가 일부러 자신을 만나러 올 것이라고는 생각지도 못했기 때문이었다.

치사토는 만날 때마다 잔소리를 늘어놓는 나카츠카사를 떠올리며 입을 꾹 다물고 인상을 찌푸렸다. 치사토가 아무 말도 하지 않았는데도 심한 적의를… 아니, 무언가 정체불명의 물체를 관찰하는 듯한 눈빛으로 쳐다보는 것도 불쾌했다.

'내가 이쪽 세계에 왔을 때도 그곳에 있었다고 했지.'

"…응?"

"치사토님?"

"……."

'어쩌면 뭔가 눈치챘을지도.'

본인은 그것이 이상하다고 여기지 않더라도 어쩌면 중요한 힌트인 것도 모른 채 보고 있을지도 몰랐다. 코요라면 고의로 침묵하겠지만, 나카츠카사라면 영문도 모르고 입에 올릴지도…….

그 가능성을 퍼뜩 깨달은 치사토는 당장에라도 발 너머로 나갈 듯이 상체를 쑥 내밀며 말했다.

"불러줘! 만날 테니까!"

"치사토님."

갑자기 치사토가 몸을 내밀며 말했기 때문에 마츠카제가
놀랐는지 이름을 불렀다. 별난 대응이었을 것 같아 치사토
는 황급히 열을 올리며 덧붙였다.

"아, 혹시 아키마사의 허락이 필요해? 그렇다면 얼
른……."

"아니옵니다. 나카츠카사님은 폐하께옵서 허락하신 분
이시온지라."

"아… 그렇구나."

'절대로 내 편이 되지 않을 것이기 때문이겠지.'

코요의 충실한 앞잡이기 때문에 일일이 허락을 받지 않
아도 자신과의 만남을 허용해 주고 있는 것이다. 어쩐지 얕
보는 것 같아 속이 부글부글 끓었지만, 기회를 놓칠 생각은
없었다.

바짝 긴장하고 주먹을 꽉 쥔 치사토의 귀에 발 너머에서
부르는 소리가 들렸다.

"시간을 내주셔서 감사합니다."

어렴풋하게 보이는 모습이 머리를 깊이 숙이고 있었다.
얼굴이 보이지 않는데도 예를 다하는 나카츠카사에게 치사
토 역시 반사적으로 머리를 숙이고 말았다.

"갑자기 송구스럽습니다. 법도대로라면 폐하께 허락받

은 뒤 알현을 청하는 것이 순서겠지만, 긴급한 용건이 있어 실례인 줄 알면서도 찾아뵈었습니다."

딱딱한 말투에 치사토가 괜찮아요, 라고 끼어들었다.

"나도 마침 한가했어요."

"치사토님."

"아… 미안해요."

마츠카제에게 말투를 주의받자 치사토는 으흠, 하고 헛기침을 한 뒤 앉은 자세를 바로잡았다. 이곳에 있는 마츠카제도, 그리고 아마 나카츠카사도 치사토의 본래 성별을 알고 있을 텐데도, 다른 궁녀들 앞에서는 여자답게 행동해야만 한다는 것이 번거로웠다.

'뭐, 지금도 남자 같은 여자라는 인상이겠지만.'

여장 취향도 아니고 여자가 되고 싶은 마음도 없는 치사토는 언동 하나하나가 엉성하기 짝이 없어서 궁녀들도 어느 정도는 이해할 줄 알았는데.

"아, 나카츠카사님. 제게 무슨 볼일이 있으십니까?"

"……"

'그렇게 이상한 표정 짓지 말라고.'

치사토의 본모습을 알고 있는 나카츠카사는 잠깐 복잡한 표정을 지었지만, 금세 마음을 가다듬은 듯 황공하오나, 하고 입을 열었다.

"치사토님은 장인두인 두중장 사이죠 키요시게를 알고 계시지요?"

"······."

'왜 키요시게 씨의 이름을······.'

나카츠카사가 어떤 목적으로 키요시게의 이름을 꺼내는 것인지는 모르겠지만, 치사토는 자신이 하려는 일을 절대로 알아차리게 해서는 안 된다고 긴장하며 대답했다.

"···알고 있습니다."

"무슨 관계이십니까?"

"···이전에 장인소를 안내해 주었습니다."

아마 이 점은 코요에게 들어서 알고 있을 것이다. 그 이전에 하기노의 저택에서 도망쳤을 때 도와주었었다는 사실은, 어쩌면 모를 가능성이 높았다.

상대가 말하지 않는 것은 제 쪽에서 먼저 말할 생각이 없었다.

'큰 거짓말을 하기 전에 작은 사실을 이야기해야겠지.'

치사토는 옆에 있는 마츠카제의 시선을 느끼면서, 경련이 일어날 것 같은 볼에 생글생글 미소를 띠고 그렇게 대답했다.

"···그것뿐입니까?"

"그렇습니다."

치사토는 무릎 위에 놓인 손을 바르쥐고 스스로 냉정하라고 타이르며 대답했다. 지금 질문은 아마 속을 떠보려는 속셈이었을 것이다. 동요하면 정곡을 찔린다.

'괜찮아. 저쪽에선 내가 보이지 않아.'

마츠카제의 시선이 신경 쓰였지만, 그녀도 나카츠카사가 이곳에 온 이유는 모를 터였다. 그 이유를 모른다면 치사토의 반응도 판단할 수 없을 거라고, 치사토는 모른 척 시치미를 떼고 있었다.

"…조금 전에 사이죠와 만났습니다."

"…으, 그렇습니까?"

'키요시게 씨와 만났다니 무슨 이야기를 한 거야?'

코요를 의식하고 있을 키요시게가 그 측근인 나카츠카사에게 섣불리 폭로할 리가 없었다. 하지만 천하의 나카츠카사다. 무언가를 감지했기 때문에 이곳에 왔을 가능성이 높았다.

"어떤 이야기를 나누었다고 생각하십니까?"

"…글쎄요. 모르겠습니다."

"정말 그러하십니까?"

"전 그 자리에 없었으니까요."

당연한 이야기를 하자 나카츠카사는 살짝 눈살을 찌푸렸다.

그러나 지금 자신의 대답에는 반론하지 않았다. 아무래도 나카츠카사는 아무것도 듣지 못한 모양이었다. 키요시게의 이름을 꺼내면 치사토가 허점을 드러낼 것이라 확신했겠지만, 치사토 또한 필사적이었다.

"하면 치사토님과 사이죠 키요시게는 아무 관련이 없다는 말씀이시지요?"

"없습니다."

피부를 찌르는 듯한 긴장감이 밀려왔지만, 그럼에도 치사토는 목소리를 떨지 않고 대답할 수 있었다. 여기서 의심을 더하게 될지 벗게 될지로 앞날이 결정된다. 까딱 실수했다간 돌아갈 수도 있다는 희망이 사라지게 된다.

"알겠습니다."

제법 시간이 흐른 뒤 그렇게 대답한 나카츠카사에, 치사토는 무심코 깊은 한숨을 내쉬었다. 이걸로 그럭저럭 위기는 넘긴 것 같았다.

'하지만 키요시게 씨와 만나기 힘들어졌어.'

어떻게 하면 그와 연락할 수 있을지, 이제부터 그것을 궁리해야 했다. 마츠카제도, 그리고 눈앞에 있는 나카츠카사도 코요 편이라서 이들의 눈을 피해 자유롭게 움직이기란 어려웠다.

만약 한시라도 치사토의 모습이 보이지 않는다면 코요가

그야말로 저택 구석구석까지 위병을 보내 치사토를 찾아낼 테고, 그렇게 찾고 나면 한 발짝도 나가지 못하게 할 것이 뻔했다.

'그것만큼은 피해야 해……'

어젯밤처럼 유혹으로 속이려고 하기에도 몸이 남아나질 않는다. 정력 절륜한 남자의 기력을 떨어뜨리려면 어떻게 해야 좋을지 아무나 붙잡고 물어보고 싶었다.

'…정말 물어볼 수는 없지만.'

치사토는 이걸로 모든 것이 끝났다고 안심했지만, 나카츠카사는 바로 물러가지 않았다. 그러기는커녕 더 말을 이어갔다.

"치사토님, 앞으로 폐하와 치사토님의 피로연이 열릴 때까지 이 광려전을 엄중하게 지킬 것을 명받았습니다. 험상궂은 자가 보이시겠지만, 부디 괘념치 마십시오."

"네?"

엉겁결에 내지른 소리에 나카츠카사가 재빨리 반응했다.

"어찌 그러십니까?"

"아, 그게, 그건, 아침부터 밤까지?"

"예. 교대로 아침부터 밤까지 지킬 것입니다."

일부러 강조하는 듯 들려서 치사토의 입에서 절망의 한

숨이 흘러나왔다.

코요가 무엇인가 대책을 강구하고 있을 것이라고 짐작은
했지만, 이십사 시간 내내 이 광려전을 감시하리라고는 생
각지도 못했다. 도저히 도망갈 수 없을 것이라고 마음을 놓
은 틈을 노릴 작정이었지만, 그 틈이 없으면 도망은 불가능
했다.

"어디 불편하신 데라도 있으십니까?"

치사토가 동요했다는 걸 눈치챘는지 나카츠카사가 강한
어조로 물어왔지만, 치사토는 당황해서 시치미를 뗐다.

인사하고 방을 나간 나카츠카사가 등을 곧게 펴고 걷는
모습에서는 과연 무사라는 분위기가 전해졌다. 아무것도
얽히지 않았다면 남자답다고 동경할 만한 대상이었지만,
지금은 치사토가 원래 세계로 돌아가는 것을 위협하는 두
려운 남자일 뿐이었다.

'어쩌지……'

"휴우."

치사토는 한숨을 쉬면서 옆에 놓인 찻잔을 집어 들려다
가, 옆얼굴에 시선을 느끼고 그제야 자신이 혼자가 아니라
는 사실을 새삼 깨달았다.

'한, 한숨을 쉬어버렸어……'

"치사토님."

"그, 그렇게 훌륭한 사람이 지켜준다니 안심이야."

마음에도 없는 소리를 내뱉은 탓인지 목소리가 살짝 갈라졌다. 그것을 들었는지 못 들었는지, 마츠카제가 의미심장한 표정으로 쳐다보는데… 아니, 그것은 치사토의 피해망상일지도 모르겠다. 자신이 꿍꿍이가 있으니 그런 식으로 생각되는 거라고 머리를 식혔다.

치사토는 일단 차를 마시며 진정하자고 스스로를 타이르면서 궁리했다.

'직접 연락하는 건 포기할까……?'

키요시게와 직접 연락을 취할 수 없으면 그와 가까운 사람과 접촉을 시도해야 했다.

하지만 치사토는 키요시게의 친분관계를 몰랐고, 무엇보다 치사토 자신부터 이 저택 안에 지인이라고 부를 만한 사람이 없었다.

'…응?'

"아마……."

"치사토님?"

희미한 기억 속에 웬지 키요시게의 이름이 떠올랐다.

아니, 키요시게라기보다는 '사이죠'라는 이름이 걸려서, 짧은 체재 기간 중에 자신이 겪었던 일들을 가능한 한 기억해 내려고 애를 썼다.

"치사토님, 어찌 그러십니까?"

미간을 찡그리고 음, 하고 생각에 잠긴 치사토를 미심쩍게 바라보면서 마츠카제가 말을 걸었지만, 둘러대는 것도 잊었다.

'어딘가에서 들어본 적이 있는데… 키요시게, 사이죠…
사이죠……!'

"치사토님, 이분은 좌대신 사이죠 토키시게님의 둘째 따님이시고, 이번에 동궁마마… 카즈아키님의 여어로 입궐하셨사옵니다."

"…장자이신 키요시게님과는 모친이 다릅니다."

"……!"

퍼뜩 떠올랐다. 키요시게는 오오카의 오빠에 해당하는 사람이었다.

키요시게와 엄마가 다르긴 하지만, 사이죠라는 같은 성을 쓰는 남매인 그녀라면 오빠인 키요시게와 만날 수 있을 테고, 오오카라면 자신도 만날 수 있었다.

코요는 아직 아이에 불과한 오오카와의 관계를 질투 어린 시선으로 엉뚱하게 의심했지만, 그래도 절대 만나지 말라고는 하지 않았다.

아니, 만약 그랬다고 하더라도 오오카라면 다소 억지로라도 만나러 갈 것 같은 기분이 들었다.

'사실 말려들게 하고 싶지는… 않지만.'

치사토의 개인적인 사정에 아직 어린아이인 오오카를 끌어들이는 것 자체가 부끄러웠지만, 상황이 너무나도 절박했다. 수단과 방법을 가리지 않고 시도할 수 있는 것은 전부 시도해 보고 싶었다.

'내일 오오카를 만나러 가자. 그리고 키요시게와 어느 정도 친한지 직접 물어보자.'

치사토는 왠지 앞이 보이기 시작한 듯한 기분이 들어서 가까스로 안도의 한숨을 쉬었다.

저녁 식사 시간에는 나타나지 않았던 코요가, 치사토가 목욕하는 사이에 방에 들어와 있었다. 덩치 큰 남자가 마치 제 방처럼 편하게 늘어져 있는 모습에 치사토는 포기의 한숨을 쉬었다. 뭘 하고 있는 거냐고 따져 봐야 별 소용없다는 건 진즉에 배웠다.

"용의주도하구나."

젖은 머리카락을 닦으면서 멀찌감치 앉은 치사토를 보고 코요는 즐거운지 쿡쿡, 하고 웃으며 그런 말을 꺼냈다.

"뭐어?"

뜻을 모르고 고개를 갸우뚱하자 코요가 더 활짝 웃었다.

"몸을 정갈하게 씻고 나를 기다리려 했느냐?"

"···멋대로 생각하지 마."

도대체 이 시대 사람들에게는 매일 목욕하는 습관이 없었다. 간단하게 땀이나 더러움을 닦기는 하는 것 같았지만, 몸을 씻고 머리까지 감는 건 그야말로 여자나 제법 날을 걸러 하는 것이라고 들었다. 그래서 향이라는, 냄새를 지우는 문화가 발달한 모양이다.

여태까지 살아왔던 생활방식 때문에 당연한 듯 매일 입욕을 하는 치사토는 간단히라도 좋으니 날마다 몸을 씻고 싶었다. 그래서 마츠카제에게 부탁하자 바로 전용 욕실을 준비해 주었다. 아마 이것도 코요가 지시한 것일 테지만, 새삼스럽게 감사 인사를 하지는 않았다.

"···그래서?"

치사토는 머리를 닦던 손을 멈추고 코요의 얼굴을 보았다.

"응?"

"무슨 용건?"

그냥 아무 일 없이 이곳에 있을 리가 없었다. 치사토는 코요가 무슨 말을 할지 경계하며 기다렸다.

"이것 또한… 사랑하는 남편에게 할 말은 아닐 성싶다."

"……."

'자기 입으로 보통 사랑한다고 말하던가……?'

치사토는 등에 한기가 듦과 동시에 어쩐지 귓가가 뜨거워졌다. 남자가 한 말이 너무나도 창피한 것이라고 머릿속에서는 바보 취급하고 있었지만, 사실 마음 한구석이 쑥스럽기도 했다.

지금까지 가족 아닌 다른 사람에게 이렇게 직접적으로 애정 표현을 받아본 적이 없는 치사토에게 코요의 말은 아무리 밀어내도 마음속에 스르륵 들어왔다. 그것이 분해서, 치사토는 머리를 닦던 천을 꽉 움켜쥐었다.

"……."

가발을 벗은 지금, 고스란히 드러난 목덜미를 코요가 뚫어져라 쳐다보는 것 같은 기분이 들었지만, 치사토는 부러 모르는 척 시치미를 뗐다.

그리고 슬쩍 코요를 봤다.

'옷은 갈아입었네.'

지금 코요의 모습은 일을 할 때처럼 정복이 아니라 관도 쓰지 않은 평상복 차림이었다. 아무래도 일하는 도중에 빠져나온 분위기는 아닌 듯 보였다. 저녁 식사도 먹지 못할 정도로 바쁜가 보다고 막연하게 생각하고 있었지만, 지금은 벌써 일을 마치고 이곳에 있는 걸지도 몰랐다.

'…낮에 있었던 일 때문인가?'

자신이 나카츠카사와 만났다는 건 코요도 이미 알고 있을 터였다. 무슨 이야기를 나눴는지, 직접 묻기 위해 이곳까지 온 것일까?

"치사토."

"왜, 왜?"

들키면 안 돼. 치사토는 마른침을 한번 꿀꺽 삼키고 코요를 봤다.

*   *   *

이곳에 왔을 때 코요는 마츠카제로부터 보고를 받았다.

"아까 나카츠카사님이 면회를 신청하셨사옵니다."

옆에서 지키라고 했지 본인에게 질문하라고까지는 지시하지 않았다. 그러나 타고난 천성이 무뚝뚝할 정도로 고지식하고, 의심스러운 점은 깨끗하게 해결해야 직성이 풀리는 나카츠카사는 자기가 느꼈던 의문을 치사토와 직접 부딪혀 해결하려 했을지도 모른다.

마츠카제가 옆에 있어서 마음이 놓이기는 했지만, 마츠카제에게 치사토에 관한 여러 잡무까지 모두 맡겼기 때문에 마츠카제도 치사토의 곁에 늘 붙어 있을 수는 없었다.

다른 궁녀들 또한 마츠카제가 믿고 뽑은 여인들이기 때문에 치사토가 쉽게 탈출하기는 힘들 테지만, 그래도 걱정되는 것은……

'생각이 깊은 자의 천성인가.'

"나카츠카사님은 사이죠님도 만나신 듯했사옵니다."

"뭐?"

이러니저러니 해도 이 상황은 예상하지 못했던 코요가 표정을 고쳤다.

"어찌된 일이냐?"

"치사토님이 계셨기 때문에 자세한 사정은 듣지 못했사옵니다만, 분명히 만나셨다고 말씀하셨사옵니다."

그것은 나카츠카사가 움직인 것인지, 아니면 키요시게 쪽에서… 아니, 그 이유를 듣기 전에.

"치사토의 상태는?"

나카츠카사가 키요시게의 이름을 꺼냈을 때 치사토의 반응이 어땠는지 알고 싶었다.

"동요하셨사옵니다."

"……"

"말씀으로는 관계없다고 하셨사오나 워낙 표정에 다 드러나는 분이옵기에."

"…하기는."

'바로 그 점 때문에 치사토의 심중을 눈으로 보듯 훤히 파악할 수 있지.'

코요는 웃음을 띠었고, 마츠카제도 살며시 미소 지었다.

그러나 감정을 알 수 있는 것과 그것을 인정해 주는 것은 별개의 문제였다. 천황인 자신에게 이토록 확실히 말하고, 자유롭게 행동할 수 있는 건 처인 치사토의 특권이기도 했지만, 그것이 자신에게 멀어지기 위한 계획이라면 용납할 수 없었다.

"무엇을 이야기했는지는 토모유키에게 물어야겠군."

"모셔올까요?"

"아니, 지금은 괜찮다."

임무를 수행하고 있는 나카츠카사를 불러내는 건 간단한 일이었지만, 지금 코요는 잠시 제 힘으로 생각해 보고 싶었다.

그리고 코요는 치사토의 처소를 찾았다. 자신의 눈으로 치사토의 반응을 하나도 놓치지 않고 확인코자 들렀다.

무엇을 말하려고 하는 건지, 자신의 행동에 불안해하고 있는 치사토는 쉽게 눈치채지 못할 것이다.

'한데 어찌 이야기를 꺼낸다?'

얼굴을 마주하고 키요시게와 있었던 일을 다시 추궁하는

것도 좋지만, 몸을 그토록 쾌감으로 괴롭혔는데도 치사토
는 입을 열지 않았다. 쾌락에 약한 치사토가 그렇게까지 참
는 것은 강한 의지가 있기에 가능한 일이었다.

그런 치사토에게 말하라고 명령해도 입을 열기란 불가능
할 것이었다. 코요는 들고 있던 부채로 천천히 무릎을 쳤
다.

"오늘은 뭔가 다른 점이 있었느냐?"

"…달리."

"아무것도?"

"…말할 만한 건, 아무것도."

"…그래."

역시 제 쪽에서 이야기할 생각은 없는 모양이다.

"으악."

코요는 손을 뻗어 가느다란 손목을 잡고 강제로 몸을 끌
어당겼다.

쉽게 품 안으로 쓰러진 몸은 따뜻한 물로 씻은 덕인지 아
직 따뜻했고, 목덜미에서는 기분 좋은 냄새가 났다.

"……!"

끌어당긴 채 그 목덜미를 혀로 쓸어 올리자 품 안의 몸이
요란하게 흔들렸다. 그대로 손을 하체로 가져가자 치사토
가 사내라는 증거가 희미하게나마 반응하고 있다는 걸 알

수 있었다.

'어리군…….'

이런 사소한 애무로 금세 반응을 보이는 치사토가 어리고 사랑스러웠다.

"치사토."

곧이어 목덜미에 입술을 가져간 코요는 끓어오르는 쾌감을 애써 참고 있는 눈치인 치사토를 불렀다.

"넌 진심으로 나와의 결혼을 바라고 있느냐?"

"어……?"

돌아온 대답은 뜻밖에 허탈한 울림이었다. 코요의 질문이 자신이 예상했던 키요시게와의 관계를 따지는 것이 아닌 데에 의문을 품었을 수도 있다.

"어찌 그러느냐?"

"바, 바라지……."

"바라지?"

잠시 동안 머뭇거리던 치사토는 코요를 외면했다.

"바라지… 않, 아."

"그렇군."

예상했던 대답이었다. 이렇게도 사랑하는데 상대에게서 애정이 돌아오지 않는다는 게 섭섭했지만, 그렇다고 해서 딴생각을 품은 채 입으로만 사랑을 속삭이는 것도 화가

났다.

치사토는 어떤 의미로는 스스로에게도 코요에게도 정직했다.

이것이 다른 자였다면 애정이 없다 하더라도 천황에게 반항할 수 없을 테지만, 이 시대에서 태어나지 않은 치사토는 코요가 천황이라는 사실이 아무 상관 없을지도 몰랐다.

'그래도 이 몸은 내 것이다.'

이렇게 만지기만 해도 벌써 몸이 달콤하게 녹아내린다. 그것은 치사토 자신도 막을 수 없다고, 코요는 기모노 자락에 손을 넣어 그 몸을 더 헐떡이게 만들려고 했지만,

"저, 저기, 윽."

쾌감에 휩쓸렸을 치사토가 갑자기 손을 붙잡아 움직임을 멈췄다.

"어찌 그러느냐?"

그 일 때문에 몸을 포개는 행위를 거부할 셈이냐고 대답을 기다리자 치사토는 뜻밖에 이야기를 꺼냈다.

"나, 나, 저택 안은 자유롭게 돌아다녀도 되지?"

"…어디에 가고 싶으냐?"

'사이죠에게?'

설마 당당하게 밀회를 허락받으려 할 줄은 몰랐다. 자연스럽게 목소리가 낮아졌지만, 치사토의 다음 말은 또다시

코요의 예상을 벗어나는 것이었다.

"오, 오오카에게 갈 거야!"

"…경상전의 여어에게?"

"아직 적응하지 못했을 테니까 내가 도울 만한 것이 있을지도 모르잖아……."

"……."

"…생, 각해 봐……."

바짝 다가가 가만히 바라보자 치사토의 목소리는 점점 작아졌다. 그 말에 속셈이 있는 탓인가?

치사토가 오오카를 걱정하고 있는 건 분명했지만, 자신에게 부탁할 정도로 깊이 생각하고 있을 줄은 몰랐다.

"너도 아직 이 광려전에 익숙해졌다고 말하기 어렵지? 그런데 경상전의 여어를 도와주겠다니 조금 이상한 이유인 것 같은데, 어떠냐?"

코요의 추궁에 치사토는 긴장한 미소를 띠었다.

"그, 그런가? 하나도 안 이상한데!"

"……."

'좌대신의 둘째 여식…….'

오오카가 어떤 입장인지, 오오카를 아들의 며느릿감으로 직접 선택한 코요는 물론 알고 있었다.

자신에게 무시당했다는 묘한 피해의식을 지닌 좌대신의

여식을 굳이 선택할 필요는 없다고 생각했던 적도 있었지만, 가문이나 카즈아키와의 나이차, 그리고 비밀리에 조사시킨 신변을 종합해 볼 때 지금 시점에서는 그 아이가 가장 적합하다고 판단해서 경상전에 불러들였다.

실제로 치사토는 오오카를 몇 번인가 만났지만—

"…경상전의 여어는 아무 불편함 없이 건강하게 잘 지내고 있다고 전해 들었다만."

"하, 하지만, 말 못할 어려운 점이 있을지도 몰라!"

"……."

"앗, 내가 사실은 남자라서 걱정하는 거지? 그런 거라면 쓸데없이 걱정하지 마, 난 남의 연인을 건드리는 짓 따윈 절대로 안 해!"

열을 내는 모습이 더욱 수상하게 보였지만, 이쯤 되면 반대한다고 해도 치사토는 멋대로 움직일 게 분명했다. 마츠카제뿐 아니라 나카츠카사도 치사토의 신변을 감시하고 있다고는 하나, 손발이라도 묶어두지 않는 이상 치사토는 자유롭게 움직일 수 있었다.

더 나아가 지나치게 구속해서 숨 막히게 만들면 오히려 역효과가 날 수도 있었다.

'…조금은 자유롭게 해줄까.'

"혼자가 아니라 마츠카제도 함께 데리고 가거라."

그런 다른 뜻을 감추고 허락을 내리자, 자신이 먼저 말을 꺼냈으면서도 바로 믿기지 않는지 치사토가 눈을 동그랗게 뜨면서 놀란 듯 되물었다.

"정, 정말?"

"허락하지 않는 쪽이 좋으냐?"

"앗, 아니야! 고, 고마워!"

치사토는 뒤를 돌아 코요의 몸에 매달렸다.

본인은 기쁨을 솔직하게 표현하고 있는 것이겠지만, 그 것이 남자의 욕정을 자극한다는 건 깨닫지 못하고 있는 듯 했다.

'그래서 아직 아이라고 하는 것이다.'

"치사토."

"왜?"

제 의견이 관철된 것에 치사토는 기분이 좋은 모양이었 다. 자신을 향해서 생글생글 웃는 그 사랑스러운 얼굴에 쓴 웃음을 흘린 코요는 재차 확인하듯 그 눈을 다시 바라보았 다.

"난 너를 믿는다."

"아, 아키마사? …으흥."

치사토의 다음 말을 가로막은 채, 코요는 그 입술을 빼앗 았다.

주인이라도 되는 양 입안을 파고드는 자신의 혀를 다른 때라면 싫어하며 깨물 텐데 오늘은 웬일인지 그러지 않았다.

*　　　*　　　*

오오카를 만나러 가는 것을 허락해 준 뒤, 갑자기 키스한 코요는 제 것이라도 만지는 것처럼 서슴없이 몸을 더듬었다. 자신보다 제 몸을 더 잘 알고 있는 남자의 손놀림은 적확해서, 치사토는 정신을 딴 데로 돌리느라 진땀을 뺐다.

코요 같은 색마와 자신은 달랐다. 치사토는 연달아 섹스했다간 몸이 남아나질 않을 것 같아 간신히 손을 뻗어 자신의 맨다리를 만지려고 하는 음탕한 손을 막았다.

다행히 코요도 그쯤에서 멈춰주는 것 같았다.

다음 날, 느지막한 오후에 치사토는 마츠카제와 궁녀 몇 명을 데리고 경상전으로 향했다.

사실은 아침부터 움직이고 싶었지만, 너무 팔팔하게 다니면 예민한 마츠카제에게 온갖 의심을 살 것 같았기 때문이다.

자리를 화기애애하게 만들기 위해서 애완 고양이인 아키도 데려갈까 했는데 오늘은 아침부터 모습이 보이지 않았다. 찾는 데 마냥 시간을 쓸 수가 없어 포기했지만, 어쩐지 긴장감이 더욱 팽팽해졌다.

'분위기 파악 못하는 건 이름 주인인 그 자식과 판박이야.'

"……."

"……."

건널복도를 걸으며 궁녀들이나 관리들, 호위병들을 마주칠 때마다 그들은 즉시 무릎을 꿇고 치사토에게 머리를 조아렸다.

당황한 치사토에게 그것이 코요의 아내인 자신에 대한 예절이라고 가르쳐 준 사람이 마츠카제였다.

'그래도 역시 적응이 안 돼…….'

옆에 코요가 있다면 모를까, 이렇게 혼자 다닐 때 그런 인사를 받으면 자신은 평범한 학생이라고 항변하고 싶어질 정도로 거북했다.

주위에서는 치사토를 우러러 받들기 위한 행위라고들 하지만, 자신은 그런 입장이 아니었다.

"이거… 아키마사에게 말해서 그만두게 해달라고 하면 들어줄까?"

뒤따라 걷던 마츠카제가 무의식적인 혼잣말을 그새 들은 모양이다.

"그건 무리인 줄 아옵니다."

부드러운 목소리가 부정했다. 하지만 치사토는 마츠카제가 그렇게 말하는 이유를 몰랐다. 이 시대에서 가장 힘있는 존재인 코요에게 불가능한 일이 있을까?

"어? 그치만 천황이잖아?"

"설사 폐하라 하셔도 저희가 존귀한 분을 공경하는 행동을 그만두게 하시는 건 불가능하옵니다. 그것만은 치사토님도 단념하심이……."

"……."

왠지 알 것 같으면서도 치사토는 도무지 이해가 가지 않는 이야기였다.

존귀한 분이 코요와 자신을 가리키는 것이라면… 제발 그러지 말라고 말리고 싶었다.

"저기, 마츠카제."

"네."

"나… 저와 아키마사의 관계를 얼마나 많은 사람이 알고 있는 거야?"

대체 얼마나 많은 사람들에게 이 관계가 알려져 있는지 갑자기 궁금했다. 광려전 안에서 일하는 사람들에게는 어쩔 수 없다손 치더라도 그 이상 어디까지 이야기가 퍼졌을까?

"치사토님이 생각하고 계신 것보다 훨씬 많습니다. 피로
연이 끝나면 이 나라 방방곡곡까지 널리 알려지겠지요."

"윽……."

'그, 그건 사양하겠어.'

지금 자신과 코요의 몸시중을 들어주는 사람들의 시선만
으로도 고통스러운데 거기에 이 나라 전 국민까지 가세한
다면……. 상상만 해도 너무 무서웠다.

아니, 거기까지 가면 원래 세계에 돌아가기가 매우 힘들
어질 것 같아서 그렇게 되기 전에 한시라도 빨리 행동에 옮
겨야겠다고 거듭 마음먹었다.

"치사토님."

치사토의 안색이 조금 창백해졌다는 걸 느꼈는지 마츠카
제가 다정하게 불렀다.

"그렇게 걱정하지 않으셔도 치사토님이 백성과 만날 일
은 거의 없으시옵니다."

"으, 응."

'하지만 나도 모르는 새 나에 관해 알려진다는 게 무서
워.'

마츠카제가 하고 싶은 말이 무엇인지는 알겠지만, 치사
토는 순순히 동의할 수 없었다. 아니, 동의하고 싶지 않았
다.

경상전에 들어서자 주위가 더욱 시끄러워진 느낌이 들었다.

며칠 전, 오오카가 이곳에 온 지 얼마 되지 않았을 때는 익숙하지 않은 탓인지 분위기가 차갑게 가라앉아 있다고 느꼈었는데, 그 뒤로 시간이 별로 지나지 않았음에도 불구하고 지금은 화려한 기운이 주변을 지배하고 있었다.

동궁의 정실로 내정된 사람의 신분이란, 치사토가 상상하는 것보다 지위가 훨씬 높은가 보다.

"치사토님."

"오오카."

마중 나온 오오카의 표정도 전보다 훨씬 밝아져 있었다. 치사토는 오오카의 얼굴을 보는 것만으로도 안심하며 준비된 자리에 앉았다.

그 자리는 당연하게도 오오카보다 상석이었고, 지금 치사토와 오오카의 신분이 그곳에 나타나 있었다.

"특별히 발걸음 해주셔서 감사합니다. 기별을 주셨으면 제 쪽에서 광려전으로 찾아뵀을 텐데."

"문득 생각나서 그런 거니까 신경 쓰지 마. 그것보다도… 그게."

치사토가 주위의 존재를 의식하는 눈치를 보이자 오오카는 바로 뒤를 돌아 궁녀들에게 물러나 있으라고 명령했다.

상대가 천황의 정실이기 때문에 완고한 태도를 취할 수도 없었겠지만, 오오카의 궁녀들은 치사토에게 머리를 숙이며 물러갔다.

다음은 치사토의 차례였다.

"마츠카제, 잠깐 자리 좀 비켜줄래?"

"치사토님."

"멀리 가지 않아도 돼. 오오카랑 단둘이서 이야기하고 싶어서 그래."

무슨 이야기를 할지 제발 의심하지 않기를 바랐다. 치사토는 무언가를 살피듯 제 쪽을 보는 마츠카제로부터 시선을 회피하지 않았다.

조금이라도 동요했다간 그야말로 오늘 이곳에 온 의미가 사라지게 된다.

"…하오면, 건널복도에서 대기하고 있겠사옵니다."

의심이 풀린 건지, 아니면 너무나도 완강한 치사토에게 뜻을 굽힌 건지, 마츠카제는 그렇게 말하면서 데려온 다른 궁녀들과 함께 자리에서 일어섰다.

'이제 말할 수 있어.'

치사토는 궁녀들의 모습이 발 너머로 사라진 것을 확인한 뒤 다시 오오카를 마주보았다.

"오늘 만나줘서 고마워."

오오카에게 이상한 책임을 지울 수 없었다.

오오카는 끝까지 아무것도 몰라야 하기 때문에 치사토는 어젯밤부터 줄곧 고민했던 말로 이야기를 시작했다.

"이제 이곳 생활에 익숙해졌어?"

"네."

이것은 결코 거짓이 아니었다. 부드러운 표정의 오오카에게 치사토도 자연스럽게 미소를 띠었다. 이 세계에서 태어난 오오카는 치사토가 걱정했던 것보다 훨씬 빨리 순응할 수 있었던 걸지도 모르겠다.

"음, 카즈아키 씨하고는?"

요전에 카즈아키에게 오오카를 부탁하긴 했지만, 그 뒤로 실행에 옮겼는지 아닌지는 듣지 못했다. 자신이 바빴던 것도 있었지만, 어쩐지 남에게 떠넘겨 버린 것 같아서 내내 마음에 걸렸다.

"카즈아키님과는 몇 번인가 알현했습니다. 무척 따뜻하게 대해 주셔서…… 이곳에 왔을 때는 불안하기만 했는데 지금은 하루라도 빨리 카즈아키님의 아이를 낳고 싶다고 생각하고 있습니다."

"그, 그래."

'겨우 열세 살인데.'

치사토가 살았던 세계에서는 고작 중학교 일학년이 될까

말까한 나이인데도 벌써 아이를 낳는 것까지 생각하고 있을 줄은 몰랐다. 더구나 그 상대인 카즈아키는 불과 여덟 살이었다.

'이곳에서 남자는 열세 살에 성인식을 치른다고 들었는데, 나는…….'

그 나이에 아이를 만들다니 꿈에도 생각지 않았다.

"치사토님?"

치사토가 침묵에 잠긴 것이 신경 쓰였는지 오오카가 걱정스러운 목소리로 불렀다. 이런 자신보다도 나이 어린 소녀에게 배려받자, 치사토는 바로 미소 지으며 '미안' 하고 사과했다.

'이 세계의 사람들과는 아예 다르니까 비교한대도 어쩔 수 없지.'

오오카에 관한 일은 걱정할 필요도 없다고 안심했다. 다음은 드디어 본론으로 들어갈 차례였다.

"저, 저기 말이야. 오오카는 좌대신인 사이죠… 토키시게님의 둘째 딸 맞지?"

"네. 치사토님은 아버님을 아십니까?"

"아버지는 모르지만… 오빠 쪽은 알지."

"오빠?"

아무래도 그 말만으로는 모르는 것 같았다. 오오카에게

는 어쩌면 키요시게 말고도 다른 형제가 많을 수도 있었다.

'그러고 보니 오오카와 배다른 남매라고 했지? 그렇다면…….'

치사토는 가장 알기 쉬운 키요시게의 직책을 댔다.

"분명히, 장인두라고 하던데."

"두중장님을 말씀하십니까?"

역시 오오카는 그걸로 누구를 말하는 것인지 알아차린 모양이었다. 표정이 살짝 풀어지고 목소리도 조금 높아진 느낌이 들었다. 직책으로 부르는 건 낯설겠지만, 남매 사이는 예상했던 것처럼 나쁘지는 않은 듯 느껴졌다. 그렇다면 더욱 잘됐다고 치사토는 이어서 물었다.

"오오카도 이곳에 왔으니까 키요시게 씨와 자주 만날 수 있지?"

"두중장님은 일이 있으셔서요. 게다가 저도 입궐한 몸인지라 카즈아키님이 아닌 다른 남성분들과 만나는 건 삼가고 있습니다. 하오나 절 염려하셔서 지난번에도 얼굴을 보러 이쪽으로 찾아와 주셨습니다."

"그래?"

친남매와 만나는 것까지 제한할 필요가 있을까 싶어서 아직 어린 오오카가 불쌍했다. 하지만 본인도, 그리고 분명 그녀의 가족도 그것을 잘 알고서 오오카를 경상전에 보낸 것일 터였다.

역시 이 세계는 자신의 이해 범주를 넘어서 있었다.

"그런데 치사토님은 언제 두중장님과 알게 되신 것입니까? 직무상으로는 보실 기회가 없을 것 같은데요?"

"…읔."

'예, 예리하다.'

감상에 젖어 있는 치사토와는 다르게 오오카는 그 질문의 의미를 정확히 간파하려고 했다.

악의 없는 관찰력을 얕봐선 안 됐다. 치사토는 새삼 말을 골라 해야겠다고 생각했다.

"딱히 친한 건 아닌데 전에 이야기를 좀 나눠보니 좋은 사람인 것 같은데. 그 사람이 혹시 오오카의 오빠일지도 모른다는 생각이 들어서."

"그러셨습니까."

키요시케를 칭찬하자 오오카는 기뻐했다. 치사토의 말을 의심하는 기미는 보이지 않았다. 치사토는 이 분위기대로라면 이야기가 쉽게 풀릴 것 같아서 정신을 가다듬었다. 그리고 신중하게 말을 꺼냈다.

"그래서 말이야, 더 대화를 나눠보고 싶다고 생각했는데 말이야, 그게, 나는 코요 천황의, 그, 그거니까, 자유롭게 다닐 수 없거든. 앗, 딱히 이상한 감정이 있는 건 아니고."

"맞아요… 폐하께옵서는 치사토님을 소중히 여기시는 기색이셨습니다. 소중한 치사토님을 아무리 신하라고 해도 남성인 분과 단독으로 대면시키고 싶지 않아 하시는 마음은 알 것 같습니다. 치사토님도 폐하께 마음을 허락하고 계신 모습이어서 무척 행복해 보였습니다."

일전에 둘이서 오오카를 만나러 왔을 때 있었던 일이 떠올랐는지, 오오카가 그렇게 단정 짓자 복잡한 기분이 들었다.

하지만 이걸로 오오카는 치사토가 코요에게서 도망치려하고 있다고는 의심하지 않을 것이다.

"응? 하지만 오오카가 같이 있으면 괜찮을 거야."

"소녀가요?"

"오오카와 키요시게 씨는 남매니까 두 사람끼리 만나도 이상하지 않잖아. 거기에 내가 끼어드는 형태로, 응? 어때?"

둘만이 아닌 오오카를 더해서 세 명이서 만난다. 그런 거라면 오오카도 협력해 주지 않을까?

"어, 어떠냐고 물어보셔도, 폐하께서 허락해 주신다면야……."

"그러니까, 아키마사에게는 비밀. 화나게 해서 섹… 이상한 짓을 당하기도 싫고. 만나서 잠깐 이야기하는 정도니

까 따로 말하지 않아도 괜찮을 거야."

절박한 생각은 감추고 가벼운 말투로 말을 마친 치사토는 가만히 오오카를 바라보았다. 오오카는 코요에게 비밀로 한다는 것이 마음에 걸렸는지, 어떻게 받아들여야 할지 망설이는 것 같아 마지막으로 한 번 더 밀어붙여야겠다고 느꼈다.

"저기 말이야."

치사토는 몸을 살짝 내밀어 오오카의 귓가에 비밀 이야기를 하듯 소곤거렸다.

"아키마사는 엄청난 질투쟁이야. 이 형… 내가 자기 말고 다른 남자랑 이야기 나누는 걸 엄청 싫어하거든. 하지만 나도 여러 사람들과 이야기해서… 그, 아키마사의 일을 돕고 싶다고 생각하고 있어."

"어머."

이 시대의 여인이 보기엔 대단히 능동적인 생각일지도 모른다. 하지만 오오카는 의심하거나 황당해하기보다 어딘지 존경 어린 눈빛을 보내왔다. 아직 나이가 어리기 때문에 유연한 사고가 가능한 것 같았다.

"이제 곧 피로연인지 뭔지가 열릴 텐데 그때까지 아키마사도 바빠서… 외로워."

'으… 오, 오글오글해.'

그게 아니더라도 지금 하고 있는 말에 자신의 마음이 담겨 있는지 아닌지 자신이 없었다. 이런 어설픈 연기로 오오카가 수락해 줄지 불안했다.

"알겠습니다."

그녀는 그렇게 말하고 똑바로 치사토를 바라보았다.

"폐하를 돕고 싶다고 말씀하신 치사토님의 마음에 소녀는 크게 감동 받았습니다. 두중장님은 무척 사려 깊고, 학식이 높으신 분이기 때문에 분명 폐하께 도움이 될 만한 것들을 가르쳐 주실 것입니다."

눈을 빛내며 말하는 오오카의 머릿속에서 자신은 아마 남편을 내조하는 기특한 아내… 가 되어 있겠지. 즉시 부정하고 싶은 마음을 억누르고 치사토는 오오카에게 다짐을 받았다.

"정말 괜찮겠어?"

"네."

오오카는 찬성했지만, 그 앳된 얼굴이 다소 흐려졌다.

"하오나 아무래도 폐하께 말씀드리는 쪽이 낫지 않을까요?"

"아니, 그건 절대 안 돼."

"폐하의 귀에 들어가지 않게 몰래 뵙는 것은 몹시도 어려울 텐데요……."

이 저택 안은 코요의 눈이 닿아 있지 않은 곳이 없어서 그 틈을 피해 키요시게와 만나기란 하늘의 별 따기였다.

하지만 반대로 생각해 보면 어떨까?

"비밀이라고 해도 오오카와 키요시게 씨가 만나는 건 허락된 일이잖아? 거기에 내가 우연히 합석한 것이라면 말하지 않는 것도 이상한 일은 아니지?"

무리하게 눈에 띄지 않는 곳에서 만나려 하니까 난처해지는 것이다. 그것보다는 당당하게 만나 제삼자가 눈치채지 못하도록 정보를 교환하는 게 가장 좋은 방법인 듯했다. 그러나 그것이 가능한 것은 한 번… 기껏해야 두 번 정도다.

'확실히 매듭지어야 해.'

자신을 따라올 마츠카제가 모르게, 그리고 일이 잘못돼도 절대로 오오카가 죄를 뒤집어쓰는 일은 없도록 잘 마무리해야 했다.

"그렇지, 만날 날은……."

치사토는 여러모로 궁리해서 가장 빠른 시간인 이틀 뒤 오후에 키요시게와 만나게 해달라고 부탁했다.

아직 키요시게와 만나지는 않았지만, 그럭저럭 희망이 보여서 안심했다. 경상전에 올 때와는 다른, 날아갈 것 같은 기분을 참기가 힘들 것 같았다.

치사토가 손을 흔들고 오오카와 헤어져 곧장 자신의 방으로 돌아가려는데, 걷는 동안 마츠카제가 뒤에서 말을 걸었다.

"대화가 즐거우셨나 봅니다."

"응, 여동생이 있으면 이런 느낌일까 싶을 만큼."

이건 거짓말이 아니었다. 오늘 만난 의도를 차치하고서라도 오오카의 솔직한 모습은 무척 귀여웠다. 그런 생각에 치사토가 가볍게 대답하자 마츠카제는 '그러시군요'라는 말을 끝으로 입을 닫았다.

'어랏?'

"마츠카제?"

분명 더 캐물을 줄 알고 각오하고 있었는데, 이런 태도를 보이자 어쩐지 맥이 풀렸다. 치사토는 멈춰 서서 마츠카제를 돌아보았다.

"치사토님이 즐겁게 웃으시는 건 매우 좋은 일이옵니다."

"으, 응."

"가능하시다면 폐하의 어전에서도 그렇게 웃으시는 모습을 보여주셨으면……."

'…에.'

이런 부분까지 코요와 결부해 생각하는 마츠카제에게서 강한 충성심을 느끼고, 치사토는 절대로 실수하지 않겠다고 억지 미소를 지어 보였다.

"폐하께옵서는 치사토님의 마음을 무시하시는 것이 결코 아니옵니다. 사랑한다는 성심이 강하시기 때문에 다소 심하게 구속하시지만요."

코요 편인 마츠카제가 보기에도 구속이 심했나 보다. 그렇다면 좀 더 의견을 말해서 말려주었으면 싶지만, 어디까지나 섬기는 입장인 마츠카제에게는 어려운 일이겠지.

'불편한 시대야.'

치사토가 태어난 세계에서도 높은 자리에 앉아 있는 사람은 물론 있었다. 하지만 지금은 민주주의 시대라서 누구나 하고 싶은 말을 할 수 있었다. 그 반면에 이 시대는 코요의 의견이 독보적이라 그에 거스른다거나 의견을 낸다거나 하는 개념조차 없는 것이다.

그러고 보니 자신을 걱정해 코요에게 쓴소리를 간언했던 하기노도 결국 남자를 거역하는 행동은 하지 않았다.

'여기에서는 그런 건 잘못됐다고 생각하는 내 쪽이 이단자일지도 모르지만……'

"치사토님."

"…왜?"

치사토는 머릿속에 자리 잡은 생각을 떨쳐내고 마츠카제를 봤다.

"폐하께옵서 믿고 계신다고 말씀하셨으니 치사토님도 그에 맞게 행동하셔야 폐하께옵서도 납득하실 것이옵니다."

"하지만."

"그렇게 생각하지 않으십니까?"

"……."

마츠카제가 하고 싶은 말이 뭔지는 알겠다. 치사토가 번번이 도망치려 하기 때문에 코요가 치사토의 언동을 엄격하게 제안하고 있다고 말하는 것이었다. 하지만 코요의 마음을 받아들일 수 없는 치사토로서는 당연한 행동이었다.

'나 따윈 빨리 싫증내면 좋을 텐데.'

그러면 코요는 필시 자신 대신 이 세계의 다른 누군가를 품에 안고 푹 빠져서 열정을 쏟을 것이다.

"…윽."

'왜, 왠지…….'

그렇다면 그 상대는 누구일까? 상상하려고 하자 괜스레 가슴이 바늘에 찔리듯 아픈 기분이 들어서, 치사토는 이 이상 깊게 생각하기를 멈췄다.

"엄청 건강해 보였어. 마음이 놓이더라고."

그날 밤 치사토는 저녁 식사 자리를 함께한 코요에게, 그가 먼저 묻기도 전에 오오카와 만난 이야기를 꺼냈다.

즐거운 시간이었고, 마음이 맞는다고 느꼈고, 당장에라도 다시 만나서 이야기하고 싶다는 마음을 전했다.

"건강하다니 다행이구나."

코요가 잔을 비우며 인자하게 말했다. 시아버지로서 자식의 아내를 염려한다기보다 어린 아이를 걱정하는 친아버지 같은 분위기였다.

관능적인 분위기를 풍기지 않는 코요는 의외로 대화하기 편했다. 치사토는 더 깊이 물어봤다.

"걱정했어?"

"그 나이에 미래의 동궁비로서 입궐했으니 말이다. 마음이 쓰이지 않는 게 더 이상하지."

"뭐, 하긴 그래."

신하들이 결정했다 쳐도 최종 판단을 내린 사람은 코요 본인이었다. 그 책임을 제대로 느끼고 있는 듯한 남자는 과연 사람 위에 군림할 만하다고 느끼게 해서…….

'…그런데 어째서 감탄하는 거야.'

치사토는 분위기를 전환하기 위해서 작게 헛기침한 뒤, 젓가락을 놓고 코요를 흘겨보면서 말했다.

"그럼 내가 그 걱정을 해소해 줄게."

"호오."

무슨 말을 꺼내는 거냐며 비웃는 게 아니라 무엇을 이야기할지 즐거워하며 미소 짓는 표정에 가슴이 살짝 두근거렸지만, 그것은 지금부터 말할 자신의 말뜻을 의심받을까 봐 걱정했기 때문이다.

치사토는 지나치게 긴장해서 목소리가 떨리지 않도록 주의하면서 입을 열었다.

"모레 또 만나러 갈 거야."

"경상전의 여어를?"

"맞아."

"그렇게 이른 시일 내에 말이냐?"

"왜냐면 걱정하잖아. 당, 당신의 걱정을 내가 잘 살펴보고 불식시켜 주겠다고 하는 거라고!"

방 안에는 치사토와 코요 둘뿐이었다. 마츠카제를 포함해 다들 자리를 비켰다.

다른 때는 가끔씩 어처구니없이 바보 같은 음담패설을 늘어놓는 코요의 이야기를 들려주기 싫어서 궁녀들이 자리를 비키는 것을 다행으로 여겼으나, 이번만큼은 쥐 죽은 듯 고요해진 이 공기가 불편했다.

'의심하는 건가… 의심하지… 않는 건가?'

코요가 단숨에 술을 들이켠 뒤 상에 잔을 탁 놓았다.

"…윽."

곧이어 한쪽 무릎을 쓱 세우고 움직이려 하는 모습을 보고 치사토는 후다닥 뒤로 물러났다.

*　　　*　　　*

오오카를 만나러 간다.

비단 그 소녀를 걱정하기 때문만은 아니라는 것은 역시 눈치챘다.

열심히 설명하면 할수록 그 뒤에 숨어 있는 의도가 빤히 보였다.

거기에 어떤 목적이 있는 것인지, 결국 치사토가 생각하고 있는 것을 알아내지 못한 코요는 마츠카제에게 치사토로부터 눈을 떼지 말라고 명했지만, 상대는 치사토다. 무슨 수를 써서라도 목적을 이루려고 할 것이다.

"허허… 말괄량이 짓에도 정도가 있거늘."

낮에 무심코 흘린 푸념을 듣고 사정을 알아챈 하기노가 즐거운 듯 웃으며 말했다.

"이제 와서 새신부의 성정을 우려해 봐야 어찌할 도리가 없습니다. 폐하께서 잘 통제하시면 될 일 아닙니까?"

"말이 쉽지. 이럴 때야말로 양부의 자격으로 치사토에게 조언해 주지 않겠소?"

치사토의 그 성격을 일정 부분 바람직하다고 여기는 자신은 더 이상 말릴 수 없다고 하자, 하기노는 그 말을 잠자리 이야기로 알아들었던 모양이다. 뺨에 짙은 웃음을 띠우고 그런 여인을 좋아하는 것 아니었냐며 응수했다.

"온순하기만 한 여인은 재미없다고 말씀하셨지요?"

"그건 언제 적 이야기요."

"치사토님이 나타나시기 얼마 전이었던 것 같습니다만? 이상형을 아내로 맞으시다니 소신이 다 기쁩니다."

기억하고 있는 만큼 코요의 볼에 쓴웃음이 희미하게 떠올랐다.

"…일단 피로연만 끝나면 어지간한 일은 신경 쓰지 않게 될 것이오."

어서, 아무튼 어서.

치사토를 명실공히 천황의 정실로 널리 알리기 전에는 안심할 수 없었다. 그 때문에 정무를 보는 틈틈이 서둘러 연회 준비를 해나가고 있는 것이다.

코요는 하기노와 나눴던 대화를 곱씹으면서 눈앞의 치사

토를 보았다.

'이틀 뒤… 무슨 일이 있느냐?'

지금 치사토의 말에는 하나하나 의미가 있다고 보는 편이 맞았다. 코요는 그 진의를 알아보기 위해 행동에 옮기려 했지만, 자신이 살짝 움직이기만 해도 치사토는 겁에 질린 눈빛으로 쳐다봤다.

이 행동으로 보건대 확실히 달갑지 않은 일을 꾸미고 있다는 건 상상이 갔지만, 마츠카제는 치사토와 오오카의 대화 소리가 너무 작아서 들리지 않았다고 했다.

'저쪽도 별다른 움직임이 없다 하고…….'

나카츠카사가 정기적으로 보고하는 키요시게의 동향에도 지금으로서는 수상한 낌새가 없었다.

"너를 믿는다."

바로 얼마 전 자신이 한 말은 그 자리에서 웃고 넘긴 농담이 아니었다.

"이쪽으로."

"어……?"

"네가 이쪽으로."

자신이 억지로 끌어당기지 않고 치사토의 발로 직접 곁

에 오라고 말하자, 치사토는 제법 오랫동안 망설였지만…
이윽고 옷자락이 끌리는 소리와 함께 품에 살포시 들어왔
다.

'…떨고 있구나.'

이 전의 일을 두려워하고 있는 건지, 아니면 기대하고 있
는 건지는 알 수 없었지만, 망설이는 마음을 누르고 이렇게
까지 행동하는 치사토가 매우 기특했다.

"네가 좋을 대로 해라."

"어?"

치사토가 뒤돌아서 자신의 얼굴을 올려다보았다. 왠지
어린아이 같아서 코요는 웃음을 머금은 채 그 코에 입 맞췄
다.

"뭐얏?"

"넌 내 처이니라. 천황의 정실이자 이 세상에서 가장 존
귀한 여인이다. 그런 네 바람이라면 남편으로서 들어주지
않을 수 없구나."

"아, 아키마사……."

당황한 듯한 앙증맞은 입술이 이름을 부르고 가녀린 손
이 살며시 옷을 붙잡았다. 장난을 어떻게 사과할지 고민하
는 듯한 그 몸짓에 미소를 머금은 채 코요는 참, 하고 계속
해서 말했다.

"피로연 준비는 별탈 없이 끝났다."

"……!"

밀착해 있는 탓인지, 치사토가 더욱 심하게 떨고 있는 것이 또렷하게 느껴졌다. 그러나 코요는 시치미를 떼고 이야기를 이어갔다.

"마침 달도 밝을 무렵이다. 주야장천 화려한 연회를 열어 널 기쁘게 할 생각이란다."

"그런……."

"이제 금방이다. 이제 곧 너는 명실공히 내 정실로 공표된다."

'그렇게 되면 도망칠 계획은 무산되겠지.'

코요는 치사토의 볼을 손가락으로 쓸어내렸다.

"몹시 기다려지는구나, 치사토……."

이틀 뒤라고 시일을 정한 이상, 그날 치사토는 어떤 행동에 나설 것이다. 그 행동에는 키요시게와, 어쩌면 오오카도 관련돼 있을지 몰랐다.

자신이 곁에 있으며 주의를 기울인다면 경계할 테고, 그것은 마츠카제도 마찬가지였다. 어찌하면 치사토의 계획을 알 수 있을지, 지금부터 서둘러 궁리해야 했다.

'어느 쪽의 집념이 이기려나.'

달아나고 싶은 치사토인가.

전부를 손에 넣고 싶은 나인가.

지는 싸움 따위는 할 생각도 없는 코요에게는 이미 며칠 뒤의 미래가 보이고 있었다.

                    *   *   *

이틀 뒤.

치사토는 아침 일찍 눈이 떠졌다.

"좋아!"

'오늘은 반드시 실패하지 않겠어!'

그제, 코요는 모든 준비를 끝냈다고 했다. 며칠 뒤에는 확실하게 그날이 다가온다.

이렇게 시간이 임박한 지금, 더 이상 망설일 시간이 없었다. 피로연에서 정식으로 코요의 처로서 공인되면 이제 자유롭게 움직일 수 없다.

코요는 피로연 날이 정식으로 결정됨으로써 치사토의 자유를 다소 인정해 주고 있는 건지도 모르겠지만, 이제는 이것이 마지막 기회라고 치사토는 강한 결의를 다졌다.

"너도 꼭 기도해 줘."

발밑에서 몸을 둥글게 말고 자고 있는 아키의 얼굴을 마구 쓰다듬고 힘차게 몸을 일으켰다. 그 기척을 느꼈는지 휘장이 흔들렸다.

"치사토님?"

"아, 안녕, 마츠카제."

이미 일어나 있었던 치사토를 조금 놀란 듯 바라보던 마츠카제는 다시 '안녕히 주무셨사옵니까'라고 고개 숙여 인사했다.

"일어나셨을 때 기분이 좋으셨나 보옵니다."

그 말을 들으니 늘 깨울 때까지 잤다는 걸 에둘러서 나무라고 있는 듯한 기분이 들었지만, 마츠카제의 말투가 온화했기 때문에 치사토도 헤헤, 하고 웃으면서 동의했다.

"응, 푹 잤어!"

"오늘은 경상전의 여어님께 가신다고 하셨지요?"

"오늘은 점심 식사도 함께 먹으려고 하는데, 괜찮지?"

오늘 오오카와 만나는 일은 코요에게 허락을 받았으나 점심을 함께 먹는다고까지는 말하지 않았다.

하지만 키요시게와 충분히 이야기를 나누고 싶었기 때문에, 되도록 경상전에 오래 머물러야겠다고 생각했던 것이다.

"식사도?"

"응."

비록 마츠카제가 치사토의 교육 담당으로서 엄하게 훈계

할지라도, 그녀는 자신보다 치사토의 지위가 위라는 점을 정확히 알고 있었기 때문에 이런 것까지 참견하지는 않았다.

다만 그 가는 눈썹을 찡그린 걸 보고 치사토는 천연덕스럽게 시선을 돌렸다.

"역시 밥은 여럿이서 같이 먹는 게 맛있어."

"……."

"아키마사에게는 마츠카제가 말해주면 편할 텐데… 어쩌나?"

'분명히 의심하고 있는 거야.'

두뇌 회전이 빠른 마츠카제는 치사토의 이번 행동에 다른 속셈이 있는 건 아닌지 의심하고 있을 터였다. 아니, 마츠카제뿐만 아니라 오오카와의 대면을 허락해 준 코요도 치사토가 그냥 오오카를 만나고 싶어 하는 게 아니라는 것은 알고 있을 것이다.

그렇다 해도 치사토는 아무것도 말할 생각이 없었다. 아무리 고민해 봐도 자신보다 머리가 잘 돌아가는 두 사람을 교묘하게 속일 자신이 없었고, 그럴 바에야 입을 다무는 게 상책이었다.

이때를 놓치면 정말 원래 세계로 돌아가지 못해.

강한 위기감을 느낀 치사토는 아무것도 꾸미지 않는다고

어필하기 위해 마츠카제에게 웃어 보였다.

"응?"

"…치사토님의 재량대로 따르겠사옵니다."

치사토는 고개 숙여 인사하고 일어선 마츠카제에게 합장하며 부탁해요, 라고 혼잣말했다.

"치사토님."

"안녕, 오오카."

점심 식사가 시작되기 조금 전, 치사토는 경상전에 도착했다.

전처럼 마츠카제 외에도 몇 명이 뒤따라왔고, 정원에는 경비하는 남자들의 모습이 눈에 띄기는 했지만, 그것까지 신경 썼다간 아무것도 할 수 없다. 어차피 오오카의 방에 들어가면 한정된 사람만 동석할 수 있다. 일단 그들은 의식하지 않아도 괜찮을 것 같았다.

오오카의 방에는 벌써 점심식사가 준비되어 있었고, 치사토는 마련된 자리에 안내받아 앉았을 뿐이었다.

"미안, 점심 식사까지 같이 하자고 해서."

오오카는 평소 하루에 두 번 식사를 하고 있었지만, 이번에는 치사토의 생활습관에 따라주었다.

그 점이 불쾌했는지, 오오카를 모시는 궁녀들의 표정이

싸늘했다.

"아니요. 소녀도 다른 분과 함께 식사를 하는 것이 기쁩니다."

그것과는 반대로 당사자인 오오카는 여전히 귀엽게 미소 짓고 있었다. 오늘은 치사토의 일방적인 약속에 오오카가 협력해 준 것이었지만, 그녀는 치사토가 찾아온 것을 순수하게 기뻐하고 있었다. 아무것도 모른 채 자신의 도망 계획에 이용되고 있지만, 절대로 오오카가 상처 받게 하지 않겠다고, 치사토는 그 미소 짓는 얼굴을 보며 다시 맹세했다.

"언제나 혼자야?"

"네."

'음… 외롭겠네.'

치사토의 경우, 두 번에 한 번은 일하던 도중이라 하더라도 코요가 찾아왔고, 그가 사정상 도무지 시간이 나지 않을 때는 억지로 마츠카제나 다른 궁녀들도 함께 식사하도록 부탁하고 있었다.

처음에는 몸 둘 바를 몰라 하던 그녀들도 지금은 이야기 꽃을 피우며 즐거운 표정으로 식사에 동참하게 되었는데, 자신보다 한참 연상의 궁녀들에게 휘둘리는 오오카에게는 함께 식사를 하자고 말하는 것도 불가능할지 몰랐다.

게다가 이곳 궁녀들과 식사하면 숨이 막힐 것 같았다.

'그런 식사는 맛이 없을 거야.'

"치사토님?"

현대에서 태어난 치사토이기 때문에 얼굴을 똑바로 마주하고 마츠카제와 궁녀들에게 생각한 것을 요구할 수 있었고, 그녀들이기 때문에 치사토도 별다른 걱정 없이 즐겁게 지낼 수 있었다. 치사토는 오오카를 배려해 침묵한 자신을 걱정스럽게 바라보고 있는 오오카에게 웃어보였다.

"그럴 땐 언제라도 불러줘."

"치사토님을요?"

"응."

'아앗, 그, 그런데.'

그렇게 말한 뒤 치사토는 자신이 이제 곧 도망치려고 계획하고 있다는 것을 떠올리고 말았다. 경솔하게 약속했다가 나중에 내 손으로 오오카를 외롭게 만드는 셈이 되겠지.

"아무쪼록 부탁드립니다."

그것을 모르는 오오카가 들뜬 목소리로 부탁하자 저도 모르게 얼굴이 경직됐다.

'가슴이 아파.'

오오카를 속이고 있는 것이 너무나도 불편했다.

자신을 위해서는 누군가를 희생양으로 삼아야 한다는 건 알고 있지만, 이 순수한 소녀를 이용하는 자신이 얼마나 악인인지 생각하면 가슴이 아프고 괴로웠다.

"자, 치사토님, 어서 드시지요."

"으, 응, 고마워."

오오카와 함께 식사하면서 생각보다 화기애애한 시간을 보냈다.

오오카는 즐거워서 평소보다 과식했다고 말하고 있는데다, 동석을 허락한 마츠카제는 그녀와 마찬가지로 자리에 앉아 있는 오오카의 궁녀들에게도 다양한 화제를 제공해주어서 치사토도 오늘 목적을 잠시 잊을 뻔했다.

하지만 식후에 차를 마시고 있을 때였다.

한 궁녀가 복도에서 말을 걸어왔다.

"말씀을 나누시는 도중에 송구하옵니다."

"어인 일입니까?"

대답한 사람은 오오카의 나이 많은 궁녀였다.

"경상전의 여어님께 드릴 말씀이……."

궁녀의 말에 방 안 공기가 저절로 멈춘 듯한 기분이 들었다.

'왔다!'

치사토는 마른침을 꿀꺽 삼켰다.

오오카는 약속을 제대로 지켰다.

그리고 지금부터 자신과 오오카가 사전에 모의한 도박이

시작된다. 절대로 마츠카제가 의심하게 해서는 안 된다며, 치사토는 무슨 일이 생긴 건지 놀란 표정을 지었다.

"제게? 무슨 일입니까?"

"두중장님이……."

"두중장님?"

마츠카제가 중얼거리는 모습이 보였다. 그녀는 두중장이 누구인지 금세 눈치챈 모양이었다.

마츠카제의 시선이 옆얼굴에 꽂히는 느낌이 들었지만, 하여간 치사토는 예사로운 표정으로 그릇을 잡은 손이 떨리려 하는 걸 꾹 참았다.

'들키기 않게, 평정심, 평정심.'

"두중장인 사이죠님이 뵙기를 청하고 계시옵니다."

"어머."

오오카가 치사토를 보았다.

"치사토님, 저기……."

치사토는 오오카에게 천천히 고개를 끄덕였다.

"오오카의 오빠였지? 모처럼 와주셨는데 오빠와의 대면을 방해하면 안 되지."

"아닙니다. 괜찮으시다면 치사토님도 계셔주십시오. 두중장님은 제게 너무나 소중한 오라버님이시니 치사토님께도 소개해 드리고 싶습니다."

여기까지는 치사토가 짜놓은 줄거리대로였다. 오오카는 치사토가 감탄할 정도로 능숙하게 연기해 주었다.

'마츠카제도 오오카가 이렇게 말하면 안 된다고 쉽게 거절하지는 못하겠지.'

"오오카의 오빠였구나."

"치사토님이 싫으시다면……."

불안한 듯 묻는 오오카의 표정은 도무지 연기로 보기 어려웠다. 아니, 자세하게 상의하지 않고 그냥 키요시게와 대화하고 싶다는 말만 전했기 때문에 어쩌면 마음이 바뀐 건 아닌지 정말 불안한 걸지도 모르겠다.

"괜찮아."

"…치사토님."

"응, 나도 그 사람을 조금 알고 있는데, 좋은 사람이었어."

"하오면 만나시겠습니까?"

"음~ 어떻게 할까? 마츠카제. 어떻게 생각해?"

치사토는 이제야 마츠카제를 돌아보았다.

지금까지의 대화의 흐름을 듣기로는 키요시게가 우연히 오오카를 찾아왔고, 그곳에 치사토가 때마침 있었던 걸로 보일 터였다. 하지만 마츠카제가 어떻게 판단할지, 치사토는 내심 조마조마해하면서 그 대답을 기다렸다.

"저는……."

키요시게와 얼굴을 마주해서는 안 된다고 일언지하에 거절할 가능성도 있다. 하지만 여기에 있는 것은 치사토만이 아니었다. 마츠카제처럼 머리가 좋은 사람이 오오카의 입장을 고려하지 않을 리는 없는 것이다.

'오오카가 카즈아키와 진짜로 결혼하면 키요시게 씨는 친척이 되겠지. 잘못 거절했다간 나와 오오카의 사이가 나빠질지 모른다고 생각할지도 몰라.'

특히 오오카의 나이 많은 궁녀는 보통내기가 아닌 것 같았다. 제 주인에게 이익이 되는 일은 강행하고, 그렇지 않을 때는 철저하게 싸울 듯한 분위기를 풍기고 있었다.

마츠카제가 그것을 눈치채지 못했을 리가 없겠지만, 여기서 다시 한 번 몰아붙여 그녀에게 판단을 재촉하기 위해 말했다.

"아니면 아키마사에게 물어봐야 하나?"

사소한 일로 천황으로서 국사를 집행하고 있는 코요를 귀찮게 해도 되느냐며 호소하자 마츠카제는 고개를 쓱 들어 대답했다.

"모처럼 오셨으니 인사만 하심이 어떨는지요. 지난번 일도 감사드리는 것이 좋지 않을까 사료되옵니다."

인사와 답례… 그것이 마츠카제의 허용 범위인 듯했다. 그렇지만 그녀 앞에서 키요시게를 만나는 것은 커다란 성과였다.

"그럼, 만나도 괜찮을까?"

"…네."

"오오카."

"예. …두중장님을 모셔오세요."

치사토의 말에 오오카는 바로 궁녀에게 명했다.

발 바깥쪽이 술렁였다.

'왔다!'

설사 친남매라고 해도 한번 궁중에 들어온 사람은 남녀가 직접 얼굴을 마주할 수 없는 것이 규칙이었다. 특히 이번에는 천황의 정실인 치사토가 있기 때문에 키요시게와는 당연히 발을 사이에 두고 만나야 한다고 했다.

예상은 했지만, 이 상황에서 키요시게와 어떻게 상의해야 좋을지가 고민이었다.

"두중장 사이죠님이 오셨사옵니다."

"오라버… 두중장님 잘 오셨습니다."

오빠라고 부르려다 말고 오오카가 바로 고쳐 말했다. 이곳에서는 호칭에 대해 나무라는 사람도 없는데 이미 몸에 밴 습관인 걸까?

"경상전의 여어님도 강녕하신 모습을 뵈니 기쁘기 그지

없습니다."

되돌아온 키요시게의 대답도 딱딱했다. 아직 정식으로 결혼한 것도 아닌데 이미 오오카는 사이죠 가문의 사람이 아니라고 말하는 것처럼 들렸다.

'더 평범하게 이야기하면 좋을 텐데……'

발 너머로 보이는 키요시게는 납작 엎드려 있었다. 이것이 신분의 차이인가 싶어서 괜스레 쓸쓸해졌지만, 오오카도 키요시게도 그런 감정은 없는 모양이었다.

옆에 앉은 오오카의 얼굴을 슬쩍 보자 오오카가 고개를 끄덕이고 입을 열었다.

"저, 오늘은 광려전의 치사토님이 함께 계십니다."

"…안녕하세요. 사이죠님, 치사토입니다."

약간 목이 멘 것처럼 시작했지만, 치사토는 가까스로 침착하게 인사했다. 그러자 마츠카제가 나지막한 목소리로 이름을 불렀다.

"치사토님."

"어?"

"말씀은 저쪽부터."

아무래도 마츠카제는 이쪽에서 먼저 인사하는 법이 아니라고 주의를 주고 싶었던 모양이다. 치사토에게 키요시게는 연상이었고, 코요에게서 도망친 자신을 한 번 숨겨준 사람이었다. 내심 자기부터 인사하는 것이 당연한 게 아닌가 생각하고 있는데 키요시게 쪽에서도 인사로 답했다.

"…황후께서도 강녕하신 모습을 뵈니 기쁘기 그지없습니다."

"…고, 고마워요."

그는 자신이 연락할 때까지 기다리라고 했지만, 도저히 가만히 있을 수 없어서 이쪽에서 행동을 취했다. 어떤 식으로 이야기를 꺼내야 좋을지, 온갖 궁리를 짜내면서 치사토는 무릎에 놓인 손을 바르쥐었다.

*　　　*　　　*

피로연 날이 가까워지면서 궁중 호위 최고책임자인 좌근위대장 나카츠카사는 몸이 열 개라도 모자랄 만큼 바빴다.

각각의 역할에 실력이 좋고, 머리도 나쁘지 않은 부하를 배치해 두었다고는 하지만, 사소한 것까지 전부 자신에게 보고가 올라오기 때문에 그것들을 신속하게 처리해야 했다. 그 안건은 큰 일부터 작은 일까지 갖가지 부분에 이르러서 요 며칠은 잠들지 못하는 날들이 이어지고 있었다.

게다가 다른 하나, 나카츠카사는 개인적으로 코요에게 부탁받은 것이 있었다. 아니, 어쩌면 이쪽이 더 중요 임무

일지도 몰랐다.

"그의 동태를 살펴줬으면 하네. 가능하면 피로연 날까지 광려전에 근위 병사를 많이 배치해 주게."

코요 천황이 친히 지시한 명령.

지금 나카츠카사가 무엇보다 가장 염두에 두어야 할 임무였다. 사랑에 눈 먼 남자의 지나친 걱정이라고 치부하는 반면, 자신이 알고 있는 여인과는 다른 면이 있는 치사토의 사고방식에는 주의해야 할 것 같은 느낌도 들었다.

'아니, 그자는 사내였지.'

소녀처럼 나긋나긋한 용모일지라도 치사토는 사내였다. 게다가 여차하면 어떤 짓이라도 벌일 만한 배짱이 있는 듯 느껴졌다.

"소장님!"

그때였다. 근위 한 명이 달려와 눈앞에서 무릎을 꿇었다.

그 남자는 좀처럼 자리를 비우기 힘든 자신 대신에 치사토를 감시하기 위해 붙여둔 자였다.

"무슨 일이냐?"

긴급 사태가 일어난 건 아닌지 긴장하고 묻자 근위는 얼굴을 들고 나카츠카사에게 보고했다.

"경상전에 두중장님이 나타나셨습니다."

"사이죠가?"

그 순간 나카츠카사의 표정이 굳어졌다.

오늘 치사토가 경상전의 오오카를 방문하는 일정은 미리 알고 있었지만, 그곳에 키요시게가 모습을 드러낸 것은 전혀 예상 밖이었다.

'아니, 경상전의 여어님은 사이죠의 이복 누이였지.'

남매가 만나는 일은 아무런 문제가 없었지만, 그곳에 치사토가 있다는 건 무언가 의미가 있을 가능성이 높았다.

"…카네히로(兼平)."

"예."

나카츠카사는 옆에서 수행하던 부하를 불렀다.

"난 경상전에 가겠다. 그사이 지휘는 네게 맡기마."

"알겠습니다."

등 뒤로 부하의 답변을 들으면서 나카츠카사는 발걸음을 재촉했다. 자신이 도착할 때까지 부디 아무 일 없기를 빌었다.

*   *   *

치사토는 다시 시작된 키요시게와 오오카의 계절인사가

끝나기를 기다렸다가 드디어 운을 띄웠다.

"어쩐지 궁중이 소란스러운데 사이죠님도 바쁘십니까?"

"…머지않아 폐하와 치사토님의 피로연이 거행되는 까닭에 궁중에 있는 자들이 모두 서둘러 준비하고 있습니다."

"그, 그래요."

코요도 모든 준비를 마쳤다고 했다. 나머지는 당일에 사용될 연회장 준비나 경비 문제 등, 실질적인 준비를 한다는 것이겠지. 제삼자의 입에서 그 이야기를 들으니 정말로 바깥에서부터 탈출을 철벽 수비 당하고 있는 듯한 기분이 들어서 미칠 것 같았다.

'이제 정말, 시간이 없어… 윽.'

치사토는 발 너머에 있는 키요시계를 가만히 바라보았다.

사실은 이 발을 걷어내고 눈과 눈을 맞추고 이야기하고 싶은 것을 꾹 참고 치사토는 이야기를 이어갔다.

"그러면 궁중에는 지금 사람이 많이 있겠네요?"

"예."

"…피로연 당일은 더 많겠지요?"

"피로연은 낮부터 저녁까지 거행될 것입니다. 아침나절은 연회에 초대된 귀족 분들이 일제히 입궐하시기 때문에 상당히 복잡하리라 사료됩니다."

"아침나절……."

그렇다면 그날 아침에 혼잡한 틈을 타 이곳을 나갈 수 있을지도 모른다. 제아무리 코요라도 연회 당일에는 자유롭게 움직이지 못할 테고 마츠카제와 궁녀들도 준비하느라 바쁘게 보낼 것이 분명했다.

'아… 하지만 원래 세계에 돌아갈 가능성이 있는 곳은 이곳인데…….'

현대의 창고 안에서 이 세계로 왔던 곳이 바로 이 궁중이었다. 이곳을 떠난다면 돌아갈 가능성이 희박해질 것 같았다.

'그럼 연회 중에 빠져나가서 어디 숨어 있다가… 가능할까?'

어느 쪽이 가장 안전할까? 생각해 보니 두 쪽 다 위험했지만, 연회 당일에 부딪혀 해결하는 수밖에 없을 것 같았다.

"치사토님."

어느새 생각에 잠겨 있던 치사토는 주먹을 쥐고 있던 손 위로 자그마한 손이 살며시 포개지는 것을 느꼈다.

"오오카."

"어디 편찮으십니까?"

오오카가 걱정스러운 듯 바라보자 치사토는 황급히 고개

를 저었다.

"아니야, 괜찮아."

"하오나."

"진짜 괜찮아. 저, 사이죠님."

어떻게 해서든 키요시게와 재차 연락하고 싶었다. 초조
해진 치사토는 마츠카제가 옆에 있다는 것을 순간 잊어버
리고 곧장 일어서려 했지만,

"으악!"

발밑을 조심하지 않은 탓인지 기모노 자락을 밟아 그대
로 몸이 기울었다.

"치사토님!"

반사적으로 잡을 만한 것을 찾아 손을 뻗은 곳에 발이 있
었지만, 매달려 있던 발은 가속도가 붙은 치사토의 체중을
버티지 못하고 후두둑 하는 소리를 내며 무너져 내렸다. 치
사토는 반대쪽으로 넘어지고 말았다.

"위험해!"

치사토는 바닥에 세차게 부딪히는 아픔을 상상하고 눈을
꼭 감았지만, 무언가가 몸을 힘껏 껴안았다. 서둘러 눈을
뜨자 바로 코앞에 키요시게의 얼굴이 있었다.

"다치신 곳은 없으십니까?"

염려하는 듯한 키요시게의 표정이 오오카와 매우 닮았

다. 과연 남매구나, 라고 멍하니 생각하다 퍼뜩 정신이 돌아와 고맙다고 인사했다.

"…다행입니다."

놀람이 채 가시지 않은 마츠카제는 발이 있었던 반대쪽에서 몸을 반쯤 일으킨 상황이었고, 자신과 키요시게 주위에는 지금 아무도 없었다.

치사토는 그 순간 지금이 기회라고 생각했다.

"반드시 직접 연락할게요. 꼭 회답 주세요."

키요시게의 귓가에 빠르게 전한 치사토의 말에 키요시게가 눈길을 보냈을 때,

"치사토님!"

마츠카제가 달려와 키요시게의 품 안에서 다소 강제로 치사토의 몸을 빼냈다.

"소중한 옥체를 폐하 이외의 남성분에게 만지게 하셔서는 아니 되옵니다."

나지막한 목소리로 빠르게 말하는 마츠카제의 꾸지람에 치사토는 갈 곳 없어진 손으로 주먹을 꽉 쥐는 키요시게를 보았다.

아직 정식으로 피로연을 치르지는 않았지만, 치사토는 코요의 정실이라는 신분이었다. 그 때문인지 치사토가 코요가 아닌 다른 남자 품 안에, 그것이 설사 불가항력이었다

할지라도 안기는 건 큰일인 모양이었다.

그것을 인식하지 못하고 있었던 치사토는 안절부절못하는 마츠카제를 보고 오히려 당황했지만, 키요시게는 알고 있었던 눈치로 조용히 몇 발짝 물러났다. 그제야 비로소 마츠카제는 치사토의 몸을 훑어보며 다친 곳은 없는지 살폈다.

"다치지 않으셨사옵니까?"

"괜찮아."

얼굴이 부딪힐 뻔한 것을 키요시게가 받아주었다. 전부 멀쩡했다.

"…너무 급작스럽게 일어나셨기 때문이옵니다."

"응, 미안해."

치사토가 무사하다는 것이 확인되자 마츠카제는 잔소리를 늘어놓았다. 방금은 자신이 잘못한 일이니 바로 사과했지만, 내심 이 사고에 감사했다. 이 사고가 일어나지 않았다면 치사토는 키요시게에게 한마디 전달하기도 어려웠을 것이다.

'내 목소리, 들렸겠지?'

대답은 하지 않았지만, 그 뒤로 자신에게 보인 키요시게의 표정에 희망을 걸었다.

"사이죠님, 치사토님을 구해주셔서 감사합니다."

"…아니오."

그사이 마츠카제는 키요시게에게 정중히 감사 인사를 했다. 하지만 다른 때는 다정하게 웃던 눈이 날카로운 눈빛으로 그를 직시하고 있었다.

방금 전 자신의 말이 들렸는지 확신이 서질 않아 초조했지만, 아무래도 이 이상 키요시게와 접촉하는 건 피해야 할 것 같았다.

"치사토님, 오늘은 이만 가시지요."

"아, 하지만."

"오오카님, 발을 고칠 자를 곧 보내겠사오니 잠시 기다려 주시옵소서."

마츠카제는 그렇게 말하고 치사토를 일으켜 세웠다. 괜히 혼자서 동동거리며 이대로 떠나기를 주저하고 있는데,

"실례하오."

정원에서 들려온 근엄한 목소리에 치사토는 무심코 어깨를 떨었다.

'우앗… 최악이야.'

목소리만으로도 알 수 있었지만, 이윽고 방으로 통하는 복도에 나타난 남자의 모습에 치사토는 으엑 하고 조그맣게 혼잣말을 흘렸다. 설마 이곳에 나카츠카사가 나타나다니 예상 밖의 일이었다.

마츠카제 혼자라면 또 모를까 이 남자까지 등장하면 광려전으로 돌아가게 되는 것은 결정된 일이었다.

마지막으로 한 번 더 확인하고 싶었는데 이제 수상한 행동은 할 수 없었다. 치사토는 그저 의심받지 않기를 기도하면서 나카츠카사를 보았다.

나카츠카사는 덜렁거리는 발과 주변 분위기로 보아 심상치 않은 일이 있었다는 걸 금방 알아차린 모양이었다.

남자다운 눈썹이 일그러지는 모습에 치사토는 어떻게 추궁 당할지 몰라 초조해졌다.

'키요시게 씨와 연관 지어 생각하면 큰일인데.'

"나카……."

"어인 일이시옵니까? 좌근위대장님."

가만히 있지 못하고 치사토가 막 질문하려던 찰나, 그보다 먼저 마츠카제가 침착하게 입을 열었다. 적의는 느껴지지 않았지만, 은근히 무례한 말투였다.

이전에는 더 친한 느낌이었는데, 하고 회상하던 치사토는 이곳에 자신 말고도 다른 사람이 있다는 걸 깨달았다. 어쩌면 마츠카제는 오오카 앞에서, 아니, 키요시게 앞에서 나카츠카사와 친한 기색을 보이지 않으려 하는 걸지도 몰랐다.

"치사토님이 경상전으로 향하셨다고 들었네. 폐하께서

내게 치사토님의 옥체를 지키라 신신당부하셨기에 이렇게 뵈러 왔네만."

"…아키마사에게?"

코요에게는 오오카를 방문한다고 미리 말해두었다.

그러나 당연하지만 이곳에서 키요시게와 만나기로 한 것은 세 사람만의 비밀이었다. 수상한 태도는 취하지 않았는데도 코요는 미리 경계해서 나카츠카사를 자신에게 붙인 것일까?

'그 자식…… 윽.'

이해심 많아 보이는 얼굴을 하고 이렇게 신중할 줄은 몰랐다. 자신이 무엇을 생각하고 있는지는 제쳐두고 어쩐지 신용받지 못하고 있는 것 같은 기분이 들어서 불쾌했다.

"치사토님."

그런 생각이 더해져 치사토는 언짢은 표정을 감추지 않은 채 말했다.

"특별히 아무 문제 없었습니다."

"…사이죠님이 부인의 몸을 만지는 듯 보였습니다만?"

대체 어디서부터 본 걸까? 하지만 그 눈으로 봤다면 쓸데없이 이상한 오해는 하지 않을 터였다.

"그건 넘어질 뻔한 나를 구해주신 것뿐입니다! 곡해하지 마십시오!"

자신의 경솔함을 큰소리로 밝히는 것도 우스웠지만, 치사토는 울컥해서 나카츠카사를 똑바로 쳐다보며 잘라 말했다.

"마츠카제."

"네. 치사토님이 말씀하신 그대로이옵니다."

마츠카제가 거듭 강조하듯 말하자 나카츠카사의 시선이 그제야 자신에게서 멀어졌다.

'내 말이 아니라 마츠카제의 말을 믿는다는 거야?!'

어쩐지 엄청 짜증나는 남자다. 치사토는 더 따지려고 했지만, 시야 가장자리에 비친 오오카의 불안해 보이는 표정에 열려던 입을 가까스로 닫았다.

치사토를 여자라고 믿는 오오카. 그, 여자인 치사토가 당당하게 좌근위대장인 나카츠카사에게 싸움을 거는 모습이 그녀에게 과연 어떻게 보일지 조금 두려웠다.

'앗, 그것보다도!'

나카츠카사의 출현으로 그만 의식 밖으로 사라졌던 키요시게를 떠올리며 치사토는 슬쩍 시선을 돌렸다.

그러자 마치 그 시선을 쫓듯이 키요시게를 본 나카츠카사가 그에게 말을 걸었다.

"어인 일로 이곳에 있는지 물어도 되겠나?"

"누이를 만나러 오는데 이유가 있겠습니까?"

"있겠지. 이곳에 머무는 분은 동궁마마의 여어이시고, 특히 지금 이곳에는 폐하의 소중한 분이 동석하고 계신다. 폐하께서는 머잖아 피로연이 거행될 때까지 치사토님에게서 눈을 떼지 말라 친히 명하셨다."

그렇게 말하자 코요가 키요시게에게 무언가 속내가 있다고 직접 말하고 있는 듯 느껴졌다.

'말 좀 가려서 하라고!'

궁녀들은 그렇다 치더라도 누이인 오오카가 어떻게 생각할지 그 정도 상상력은 갖추라고 속으로 악담을 퍼부었지만, 그것을 말로 꺼낼 수 없는 것이 안타까웠다.

여기서 자신이 키요시게를 감싸는 듯한 말을 하면 의심받을 게 뻔했다. 두 사람은 어디까지나 이곳에서 우연히 만났을 뿐이라고 주장하려면 치사토는 잠자코 있을 수밖에 없었다.

'미안해요, 키요시게 씨.'

"오라버님……."

오오카도 뭐라고 둘러대지 못할 정도로 흔들리고 있었다.

어떻게 하면 좋을지— 그때 공손하게 머리를 숙이고 있던 키요시게가 말했다.

"소신의 경망한 행동으로 누를 끼친 점 깊이 사죄드립

니다.”

“아……."

그가 악인을 자처하며 나섰다.

“모처럼 나누시던 환담을 방해하여 치사토님께도 참으로 송구합니다.”

“아… 아니요.”

“나카츠카사님, 소신은 이만 물러나도 되겠습니까?”

“…그러게. 붙잡아서 미안하다.”

나카츠카사도 의혹을 느끼고 있었겠지만, 뚜렷한 증거가 없는 지금, 키요시게를 더 이상 몰아세울 수는 없었을 것이다. 나카츠카사가 여전히 굳은 표정으로 그렇게 말하자 키요시게는 다시 한 번 머리 숙여 인사한 뒤 일어섰다.

‘…일단 위기는 넘긴 건가.’

키요시게가 깨끗이 물러남으로써 더 이상 두 사람 사이를 의심하기는 어려울 터였다.

그와 연락을 취할 방법은 차차 고민하기로 하고 치사토는 자신을 바라보고 있는 오오카에게 웃어주었다.

“미안, 오오카. 괜히 분위기가 이상해져서.”

“아니요, 소녀는……."

“하오면 치사토님, 오늘은 돌아가시지요.”

마츠카제는 이대로 돌아가자고 재촉했지만, 지금 가면

곧바로 심문 당하게 될지도 몰랐다. 마츠카제만이라면 몰라도 이 융통성 없어 보이는 나카츠카사까지 함께라면 감쪽같이 속일 자신이 없어서, 최대한 오랫동안 오오카와 함께 있고 싶었다.

"하, 하지만, 난……."

"치사토님."

변명은 단박에 가로막혔다.

"아무래도 피곤하신 듯하옵니다. 말씀을… 아시겠사옵니까?"

"……아."

'남자 같은 말투를 써버렸어…….'

치사토의 정체를 알고 있는 마츠카제나 코요의 부하인 나카츠카사가 듣는 건 상관없지만, 자신이 남자라는 걸 알릴 만한 말을 오오카나 오오카의 궁녀들이 들으면 큰일이었다.

'여장 취미가 있는 변태로 오해받을 거야.'

"알, 알겠어요."

지금 자신은 아마도 흥분해 있는 것이다. 치사토는 이 상태로 계속 이야기했다간 쓸데없는 말까지 튀어나올지 모른다고 간신히 납득하며 마츠카제의 말에 마지못해 동의했다.

더군다나 이대로 오오카와 함께 있는다 하더라도 그녀에

게 즐거운 이야기를 해주기가 어려울 것 같았다.

"오오카, 오늘은 이만 갈게."

"치사토님."

오오카는 바로 저기, 하고 말을 이었다.

"또 들러주시겠어요?"

지금 약속한대도 아마 다음이라는 기회는 없을지도 몰랐다. 원래 세계에 돌아가기 위해 최선을 다하고 있는 자신은 할 수 있는 한 끝까지 그 기회를 노릴 작정이었다. 그날이 가령 내일이라면 오오카와는 다시 만나지 못하게 된다.

"치사토님……."

"으… 응, 그래."

거짓말을 하고 싶지 않았지만, 이런 사교성 멘트에도 기쁜 듯 고개를 끄덕이는 오오카의 웃는 얼굴을 똑바로 볼 수 없었다. 치사토는 소맷자락으로 일그러진 입가를 감추고 마츠카제에게 고갯짓으로 답하며 경상전을 뒤로했다.

"……."

앞서 걷는 치사토 뒤로 마츠카제와 궁녀 몇 명, 그리고… 전방에는 나카츠카사가 걷고 있었다.

'이 자식… 일하던 중 아니야?'

나카츠카사는 코요의 측근 같은 사람으로, 지위가 높아서 자신을 감시하고만 있을 수는 없을 정도로 바쁠 터였다.

그런데 이처럼 곧장 자신의 방으로 돌아가는 치사토를 바래다주는 것은 조금 전 함께 있었던 키요시게에 대해 물으려는 의도일 수도 있었다.

아까의 해명으로 일단 수긍한 듯 보였지만, 그럼에도 치사토가 키요시게와 만났다는 사실은 변함없었다.

"치사토님?"

갑자기 발걸음을 멈춘 치사토에게 등 뒤를 따르던 마츠카제가 의아한 듯 물었다.

"지금부터 제 방에 돌아가는 거지요?"

"네."

"그럼 이 사람이 함께 가는 건 이상하지 않나?"

치사토는 나카츠카사에게 찌릿 하고 시선을 보냈다.

"전 아키마사의 아내예요. 그 아내의 방에 남자가 몰래 함께 오다니 괜히 불륜 같잖아."

이것은 승부였다. 이 이상 나카츠카사에게 추궁당하지 않기 위해서라도 방에 도착하기 전에 이 자리에서 남자를 떼어놓고 싶었다.

*　　　　*　　　　*

"…불륜, 이라니요?"

윤리에 반한다는 뜻이겠지만, 난생 처음 듣는 단어의 정확한 의미를 파악해야 했다.

나카츠카사가 묻자 치사토가 미간을 찡그리며 그것도 모르느냐고 대꾸했다.

"불륜이란 그러니까… 앗, 밀통이란 말, 이 시대에 있나요?"

"밀통 말입니까?"

되돌아온 말에 나카츠카사는 말문이 막혔다. 어느 시대에 천황의 처에게 손대려는 신하가 있단 말인가.

어릴 적부터 코요의 곁을 지킨 까닭에 그 됨됨이를 익히 아는데다 천황으로서 경애하고 있었다. 그런 소중한 이의 처를 건드리는 일 따윈 생각해 본 적도 없었다.

'애초에 이자는 소년이지 않은가.'

매서운 눈빛으로 쳐다보자 치사토는 겁먹은 듯 시선을 피했다. 그러나 방금 한 말을 취소할 생각은 없어 보였다.

"치사토님, 나카츠카사님은 결코 폐하를 배신할 만한 분이 아니시옵니다. 더욱이 아까도 폐하께 명령을 받으셨다고 말씀하지 않으셨습니까?"

참다못한 마츠카제가 강한 어조로 훈계하자 치사토는 멋쩍은 표정을 지었다.

치사토와 키요시게가 미리 짜고 만났다는 증거는 아무것

도 없었다. 그런데도 이렇게까지 완강한 태도를 보이다니 수상하기 짝이 없었다.

필시 코요의 기분 탓만이라고는 할 수 없었다.

'폐하께 보고를 올려야겠군.'

그다지 좋은 이야기는 아니지만, 이것은 문제가 있다고 보는 게 옳았다. 지금 여기서 기어이 치사토를 따라간들 별다른 일은 없을 터였다.

사정을 알고 있는 마츠카제에게 뒤를 맡기고 한시라도 빨리 코요 천황에게 오늘 일을 전하는 것이 상책인 듯싶었다.

"알겠습니다."

나카츠카사는 제자리에 한쪽 무릎을 꿇고 머리를 숙이면서 계속 말했다.

"폐하를 향한 제 충성심을 의심받는 것이 매우 유감스럽습니다만, 피로연이 끝날 때까지 폐하께서 자리를 비우신 동안은 방문하지 않겠습니다."

"아······."

무언가 말하려던 치사토는 결국 입술을 꼭 깨물고 다시 걷기 시작했다.

우아한 뒤태와 상반되는 경박한 걸음걸이. 외양은 소녀 같지만, 그 내면을 자세히 살펴보면 치사토는 역시 소년이라는 것을 뼈저리게 느꼈다.

그런 주인의 뒤를 마츠카제가 잰걸음으로 뒤쫓아갔다. 그 전에 미리 이쪽을 보고 인사했기 때문에 이해하고 동의했다.

'저런 주인을 모시기도 힘들겠군.'

아직 미성숙하기에 그렇다는 것 따위는 천황의 정실이 된 순간부터 의미가 없었다. 어떠한 때라도 당당하고 의연한 태도로 신하를 대해야 했다.

천황의 정실이라는, 여인이라면 달게 받을 신분도 사내의 몸이라면 도저히 용납할 수 없는 것일지도 모른다.

그 기분을 모르는 바는 아니나 코요는 그 가녀린 손을 절대 놓지 않을 것이다.

지금 치사토에게는 지극히 무리한 요구라고 생각하면서도 한편으로는 저렇게 다루기 어려운 상대를 반려자로 선택한 코요의 취향 또한 황당했다.

'옛날부터 유별난 구석은 있었지만……'

신하의 아들인 나카츠카사를 놀이 상대로 삼아 실컷 장난치며 돌아다녔던 옛날을 생각하면, 지금 그의 언동도 조금은 납득이 갔다.

멀어지는 치사토의 뒷모습을 바라보던 나카츠카사는 즉시 코요의 집무실로 향했다.

나카츠카사에 대해 미리 일러둔 것인지 바로 통과되어 안으로 들어가자 코요가 때마침 서찰를 쓰고 있던 참이었다.

"잠시 기다리거라."

"예."

급한 용건이었으나 그것은 코요에게만 해당되는 것이었다.

무엇보다 국책을 우선 처리하는 것이 당연했으므로 나카츠카사는 코요의 손이 멈추기를 기다렸다.

"이것을 아악료(雅樂寮)에 전하거라. 당일 악곡은 적혀 있는 대로 선곡하라 이르고, 치사토의 존재를 공표하는 날이니 한 치의 소홀함도 없도록 하여라."

"예."

대기하고 있던 아악료 관리에게 서찰을 넘긴 코요는 무슨 일이냐는 듯 나카츠카사에게 눈길을 주었다.

"움직임이 있었느냐?"

별말 하지 않아도 지금 이곳에 나카츠카사가 있다는 것 자체가 사정을 말해주는 듯했다. 쓴쓰레 웃는 코요에게 나카츠카사가 예, 하고 대답하며 방금 본 일을 모두 고했다.

어느 정도는 예상했는지, 언뜻 본 코요의 얼굴에 분노의 기색은 없었다.

분노하기는커녕 묘하게 즐거운 목소리로 웃기 시작했다.

"어떻게 연락을 넣었을까. 과연 치사토는 나를 재미있게 만드는구나."

나카츠카사가 눈살을 찌푸리자 코요는 표정을 약간 고쳤다.

"미안하다. 네게는 불쾌한 임무를 맡기게 된 걸지도 모르겠구나."

"소신은 괜찮습니다. 그것보다도 바로 사이죠를 불러들여 진의를 확인하셔야 하지 않겠습니까?"

그 때문에 치사토에게서 떨어져 직접 이곳에 온 것이다.

"…아니다."

"폐하?"

그토록 치사토를 아끼는 코요라면 보고를 듣자마자 당장에라도 키요시게를 잡아들일 것이라고 생각했다. 실제로 치사토와 아무런 관련이 없다 하더라도 의심되는 이상 문책하지 않고 그냥 넘길 수는 없는 문제였다.

측근인 자신에게 신신당부하며 신변 경호를 명령하기까지 했으면서 왜 즉시 명하지 않느냐고 부아가 치밀 정도였다.

그런 나카츠카사의 마음을 아는 건지 모르는 건지, 코요

는 차분한 목소리로 말했다.

"치사토의 속내가 무엇인지는 알고 있다. 그것을 사이쬬가 해결해 줄 힘이 없다는 것도."

그리고 일어서서 앉아 있는 나카츠카사를 내려다보았다.

"내가 원하지 않는 일은 전부 무산시킬 수 있다. 그 정도의 힘은 있지."

"…예."

다음 순간 코요가 순순히 고개를 숙이는 나카츠카사의 어깨를 가볍게 두드렸다.

"그러나 난 어리석은 권력자는 되고 싶지 않다. 아무리 연정에 빠져 있다 할지라도 말이야."

"폐하……."

'그 정도의 힘을 그자에게 사용하실 심산이신가?'

그것이 좋은 건지 나쁜 건지. 나카츠카사는 코요가 그 정도로까지 마음을 할애하는 것이 치사토에게는 과분한 듯싶었지만, 코요에게 치사토는 그 만큼의 가치가 있는 것이리라.

남녀 사이는 모를 일이다……. 거기까지 생각한 나카츠카사는 퍼뜩 깨닫고 정정했다.

'그자는 소년이다. 그렇다면 더욱 모를 일이지.'

나카츠카사는 치사토의 거처로 향하고 있을 코요의 뒤를
따랐다.

코요의 뒤를 이어 치사토의 방에 도착한 나카츠카사는
당혹스러운 표정을 짓고 있는 마츠카제의 마중을 받았다.
항상 냉정하고 여유로운 언동의 마츠카제치고는 보기 드
문 표정이었다.
"마츠카제, 치사토는?"
이곳에 마츠카제가 있다는 것은 치사토가 방에 있다는
뜻이다. 명색이 천황의 처라는 여인이 나와 보지도 않다니
어찌 된 일이냐고 의아해하던 나카츠카사와 달리 코요는
마츠카제에게 속사정을 물었다.
"치사토님은……."
마츠카제의 시선 끝을 쫓자 치사토는 아무래도 안쪽 방
에 숨어 있는 모양이었다. 그것에 일단 안심했는지, 코요는
수고했다며 마츠카제를 치하해 주었다. 치사토를 돌보는
일은 제아무리 노련한 마츠카제라 할지라도 마음고생이 몹
시 심할 터였다.
"폐하, 어찌하시겠습니까?"
조금 전까지 건강해 보였던 치사토가 그사이 몸져누웠을
리 없었다. 의심 받지 않으려고 틀어박혀 있는 것뿐이었다.

나카츠카사의 물음에 코요는 눈을 가늘게 떴다.

"그렇군……. 오늘은 돌아오지 않겠다고 전하거라."

코요는 잠시 뒤 결심한 듯 그렇게 말하고 바로 안쪽 방에서 시선을 거뒀다.

당장에라도 치사토를 추궁하리라 생각하고 있던 나카츠카사는 생각지도 못한 코요의 태도에 당황했다.

"폐하."

나카츠카사의 의문을 알았는지, 코요는 쓴웃음을 머금은 채 대답했다.

"나만 투기를 부리다니 억울하구나. 치사토도 나를 조금은 생각해 주었으면 좋겠는데."

"폐하……."

'그 정도로 저자를…….'

천황인 코요는 두려운 상대가 없었다. 단 한 사람, 치사토뿐이었다, 그의 마음을 흔드는 자는.

그 누구와도 만나게 하고 싶지 않다, 그 누구에게도 만지게 하고 싶지 않다며, 개인적인 감정으로 나카츠카사를 움직일지라도 그토록 마음을 기울이고 있다는 것을 치사토 본인에게는 알리고 싶지 않다—그렇게 생각하고 있었다.

어쩌면 코요는 치사토 앞에서는 태연한 모습으로 있고 싶은 것일지도 몰랐다.

'참으로 빠져 있구나.'

진실한 마음 앞에서 때로 지위 따윈 의미가 없는 것일지도 몰랐다.

사랑에 어두운 나카츠카사였지만, 같은 남자로서 코요의 마음을 이해할 수 있을 것 같았다.

방금 왔는데 치사토의 얼굴도 보지 않고 발길을 돌리려하는 코요에게 나카츠카사는 한 번 더 말을 걸었다.

"진정 괜찮으시겠습니까?"

"괜찮다. 치사토가 이 손에 들어오는 건 정해진 일이다."

*   *   *

"오늘은 폐하께옵서 건너오시지 않으시옵니다."

오오카의 처소에서 돌아오자마자 나카츠카사에게 보고받았을 터인 코요가 방에 찾아왔지만, 치사토를 추궁하지는 않고 떠났다.

기모노를 머리부터 푹 뒤집어쓰고 있었기 때문에 말소리가 거의 들리지 않아서, 결국 코요가 무엇을 생각하고 있는지 알 수 없게 돼버렸다. 그것은 오히려 치사토를 불안하게 만들었다.

그 뒤 어느샌가 잠들었고, 일어나니 저녁 식사시간이 되어 있었고… 마츠카제의 입으로 오늘은 코요가 오지 않는 다는 말을 전해 들었다. 기뻐야 정상인데 왠지 더 불안해졌다.

내 계획이 고스란히 들통 난 건 아닐까?

아니면 키요시게에게 사실을 캐물어서 알아냈나?

치사토는 마츠카제에게 묻고 싶었지만 그것도 여의치 않았고, 결국 식욕이 사라져서 그대로 일찌감치 잠자리에 누웠다.

"우습진 않았겠지……?"

천장을 올려다보면서 혼잣말처럼 중얼거리다 눈을 감았다.

낮잠을 많이 자서 좀처럼 수마가 밀려오지 않았지만, 어떻게든 잠들기 위해 이리저리 뒤척였다.

…….

………….

'으… 응?

무언가가 볼에 닿는 것 같았다.

가볍게 만지나 싶더니 마치 윤곽을 확인하듯 볼을 쓰다듬고… 그런 짓을 할 사람은 딱 한 명뿐이었다.

"아… 키… 마사?"

잠이 덜 든 것이겠지? 바로 일어나지 않고 눈을 감은 채 그 이름을 부르자 공기가 부드럽게 흔들리고 이번에는 입술에 무언가가 닿았다.

'이게… 뭐지?'

꿈인가? 아니면 현실인가? 생각해야 하는데 머리가 생각하기를 거부하고 수면을 원했다.

하지만 그 자극은 사라지기는커녕 서서히 강해져서, 치사토의 의식은 차츰 또렷해지고 있었다.

"아……."

"일어났느냐?"

"…아키, 마사?"

오늘은 오지 않겠다고 한 코요가 왜 눈앞에 있는 거지? 치사토는 금방 이해하지 못했지만, 다시 볼에 닿은 입술의 열기에 정신을 차리고 벌떡 일어났다.

"뭐, 뭐야? 왜 여기에 있는 거야!"

"마음이 바뀌었다."

"뭐어?"

몸을 짓누른 상태로 천연덕스럽게 말하니 어떻게 반응해야 할지 모르겠다. 다만 몸이 위험하다는 걸 느끼고 눈앞을 가로막은 가슴을 밀치자 뜻밖에도 코요가 쉽게 물러났다.

"…할 작정이야?"

다른 사람에게는 오늘은 아무 일도 없다고 믿게 만들어

놓고 잠이 들 무렵에 나타나다니 치사하다. 아픔은 옅어졌지만 아직 허리가 뻐근한데 오늘 밤도 또 상대해야만 하는 건가, 하는 생각이 들자 울고 싶어졌다.

"아니."

하지만 코요는 고개를 가로저었다. 그것이 어떤 의미인지, 치사토가 탐색하듯 노려보자 한쪽 무릎을 세운 자세로 천천히 앉은 코요가 입을 열었다.

"오늘 밤은 품지 않겠다."

"…그렇다면?"

"그저 네 사랑스러운 모습을 보고 싶었다."

"사, 사랑스러운 모습?"

'…지금 나 보고 애교를 부리라는 건가?'

말뜻을 이해하지 못하고 되묻자 코요의 입가가 다정하게 풀어졌다. 어쩐지 고약한 웃음이었다.

"품지 않는 대신에 네가 위로하는 모습을 보여주면 좋겠구나. 아픔은 없을 것이다. 쉽게 할 수 있겠지?"

"위, 위로하라니."

'설마, 눈앞에서 자위하라는 거얏?'

터무니없는 제안에 치사토는 바로 거부하려고 했다. 남에게 보이다니, 그런 변태 같은 행동을 할 수 있을 리가 없었다.

하지만, 코요는 치사토가 거부할 것을 예상했는지, 다른 제안을 해왔다.

"하면 내 것을 위로해 주겠느냐? 너의 그 작은 입술로……. 치사토, 어느 쪽이 좋지?"

"…윽."

둘 다 싫어!

소리 지르고 싶었지만, 이 남자는 기필코 한쪽을 택하게 만들 심산이었다. 도망가면 구속해서, 하지 않겠다던 섹스를 할 가능성도 있었다.

피곤한 몸으로 코요를 받아들이는 것은 도저히 무리였고 지금같이 의식이 또렷한 상태로 남자의 그것을 입에 넣는 건… 할 수 없었다.

'하지만 다른 하나는…….'

다른 사람 앞에서 다리를 크게 벌리고 제 손으로 위로하는 모습을 보인다면 수치심으로 몸이 타버릴 것 같았다.

"어찌할 테냐? 치사토."

망설일 겨를조차 주지 않겠다는 듯 코요는 다시 한 번 물었다.

이 세계에 전기라는 문화가 없어서 다행이라고 뼈저리게 느꼈다.

치사토는 옆에 놓인 등잔을 흘끔거리며 그 불빛이 자신의 하체를 얼마나 비추고 있는지 몇 번이고 확인했다.

"서두르지 않으면 날이 밝을 것이다."

"…나도 알아!"

'이 자식은 여기에 없다, 없다, 돌덩어리, 돌덩어리……'

의식하면 진다. 치사토는 입술을 꽉 깨물고 크게 심호흡한 뒤 코요를 향해 천천히 다리를 벌려 보였다.

잠옷 대신 입은 기모노 아래로 당연히 속옷은 입지 않았다. 다리를 벌림으로써 불안정해진 하체에 시선을 떨어뜨리자 옷자락 끄트머리가 그것에 아슬아슬하게 걸려 있었다.

'이, 이거라면……'

이대로 비비고 사정하면 코요의 요구를 들어줄 수 있다. 조금 안도한 치사토였지만,

"옷 때문에 보이지 않는다."

무정하게도 코요는 그 옷자락을 걷으라고 명령했다.

"…봐봤자 별것도 아닌데!"

"제 손으로 신음하는 너를 보고 싶은 것이다. 어서, 언제까지고 이야기만 하고 있다간 끝나지 않을 것이야."

"……"

재빨리 끝내 버리면 된다.

치사토는 자포자기하는 심정으로 다리를 크게 벌리고 아직 움츠리고 있는 자신의 물건을 세게 쥐었다.

'빨리, 빨리 끝내야 해… 윽.'

기계적으로 손을 움직여도 그것은 좀처럼 고개를 들지 않았다. 말간 이슬도 흐르지 않아서 건조한 그것을 문지르는 데 아픔을 느꼈다.

의외로 섬세한 남자의 상징은 이렇게 긴장한 상황에서는 더더욱 위축될 뿐이었다.

초조해할수록 반대로 쪼그라드는 것 같아서 눈물이 나려던 찰나, 시야 안에 커다란 손이 비쳤다.

'어……?'

물건을 쥔 자신의 손에 포개진, 커다랗고 매끈한 손. 고개를 홱 들자 뜻밖에 코요의 얼굴이 바짝 다가와 있었다.

"이, 만지지 맛!"

"도와주지. …보거라, 드디어 고개를 들기 시작했구나."

거짓말이라고 외치고 싶었던 비명은 입안에서 사라졌다. 당황해서 내려다본 그곳에서 방금 전까지 꼼짝도 하지 않던 것이 약간 커졌기 때문이었다.

'거… 짓말.'

자신의 손에는 반응하지 않았던 주제에 코요가 만지기만

했을 뿐인데 느꼈다는 건가? 제 몸의 반응이 믿기 어려워서 손이 움직이지 않는 치사토를 대신해 코요의 손가락이 사랑스럽다는 듯 위아래로 훑기 시작하자, 샘에서 흘러나온 이슬이 남자의 가늘고 긴 손가락을 적셨다.

"으흥."

"기분 좋으냐?"

놀림 섞인 목소리가 귓가에 들리고, 할짝 하고 귓불을 핥아 올렸다. 목을 움츠리고, 도망치기 위해 허리를 뒤로 빼려고 했는데 그것을 잡힌 채로는 아무것도 할 수 없었다.

"이제… 그… 윽."

이런 건 이상했다. 치사토는 고개를 저었지만, 귓가의 목소리는 즐거운 듯 속삭였다.

"이 정도로 이슬을 흘리는데……. 치사토, 정말 싫으냐?"

"…윽."

당연하다고 소리 지르고 싶은데 하복부에 집중된 열기가 조금도 식지 않았다. 남자의 손에 분신이 희롱 당하고 있는데도 쾌감은 커져만 갔고, 그것은 손을 밀어낼 기세로 기립했다.

"너도 하거라."

"으흥, 아흣."

"치사토."

떠밀려서 두 손으로 제 분신을 만지자 콩닥콩닥 맥이 뛰는 게 느껴졌다. 인정해야만 했다, 코요의 손에 의해, 느끼고 있다는 것을.

"…으응."

"치사토?"

이렇게 된 이상 써주면 된다. 이 손이 자신을 느끼게 만든다면 수치심 따윈 집어던져 버리고 탐하겠다고, 치사토는 코요의 손을 잡고 자신의 분신을 문질렀다.

이따금 그 손은 치사토의 의지를 거스르고 구슬 주머니까지 손끝으로 휘감았다. 그 애태우는 손길에 쾌감은 더욱 높아져 치사토는 허리를 흔들었다.

"하윽!"

손가락이 갑자기 둔부 깊은 곳을 스쳤다.

"거, 거긴."

"안심해라, 오늘 밤은 넣지 않겠다."

매번 태연한 얼굴로 거짓말을 일삼는 남자의 말을 지금 이 순간에 믿는 자신이 바보였다.

손가락은 그 뒤로도 봉오리 표면을 쓰다듬었지만, 마치 귀여워하는 듯이 살갑게 어루만질 뿐이라 오히려 감질 날 정도였다.

그 움직임에 오늘 밤은 정말로 넣지 않을 모양이라고 확신한 치사토는 더 만져 달라고 스스로 코요의 손을 그곳으로 이끌었다.

"치사토."

이럴 때, 코요는 평상시라면 달뜬 목소리로 이름을 불렀는데 오늘 밤은 부끄러워질 정도로 다정했다. 사랑스럽구나 하고 말하는 목소리의 울림 속에서도 느껴 치사토는 무심코 이름을 불렀다.

"아키마사."

곧이어 입술이 포개지고 입안에 두꺼운 혀가 잇새를 비집고 들어왔다. 서로의 그것을 뒤얽고 타액을 교환하면서도 분신을 애무하는 손길을 멈추지 않았다.

"흐응… 응."

몇 번이고 멀어지고 포개지는 그것에 제 쪽에서도 혀를 내밀어 애무를 졸랐다. 하체의 열기는 더더욱 뜨거워져 둔부 깊은 곳까지 찌릿찌릿 저리기 시작했다.

"달콤하구나."

유혹함과 동시에 지금까지 해왔던 것 이상으로 손놀림이 격해졌고, 느끼는 끝부분에 손톱으로 자극이 가해졌다.

"앗!"

'흐른다!'

참지 못하고 방출된 열기가 제 것을 타고 흘러내려 어이 없을 만큼 빠르게 자신과 코요의 손을 더럽혔다. 지금까지 해왔던 자위와는 비교할 수 없을 만큼 짜릿한 쾌감에 치사토는 아직도 허리가 저린 느낌이었다.

"하아……."

그대로 뒤로 툭 쓰러진 치사토는 눈이 떠지지 않을 정도로 피곤했다.

섹스를 하지 않았는데도 이렇게 체력이 소모되는 자신의 연약함이 한심했지만, 피로 위에 열기를 토해낸 뒤에 찾아오는 열락이 더해져 이대로 잠들고 싶었다.

"편하게 쉬는 게 좋겠다."

쪽, 입술이 가볍게 더해졌다.

"싫……."

'이제… 용서해……'

다음 날 치사토가 눈을 떴을 때는 아직 해가 완전히 뜨기 전이었다.

"너무 많이 잤어……."

그만큼 일찍 잠들어 버렸으니 눈도 빨리 떠졌겠지, 라고 투덜대면서 일어난 치사토는 아직 정적이 흐르는 방 안을 둘러보았다.

"…어? 꿈인가?"

어젯밤, 코요가 선사한 음란한 쾌감은 꿈이었을지도 모른다고 생각할 만큼 몸과 주변에는 아무런 흔적이 남아 있지 않았다. 그저 분신과 둔부 깊은 곳이 여전히 식지 않은 욱신거림을 동반하고 있는데… 치사토는 고개를 저으며 그런 음몽(淫夢)을 머릿속에서 떨쳐냈다.

부스럭부스럭 움직여도 여전히 아무런 기척이 나지 않았다.

아침에 약한 치사토를 위해 최근 들어 광려전 사람들은 하루를 제법 늦게 시작하는 모양이었다.

마츠카제가 오려면 시간이 조금 남았을 것이다.

"…외출해 볼까?"

이런 깊은 곳까지 들어올 수 있는 사람은 기본적으로 코요 한 사람이었기 때문에 누군가와 얼굴을 마주칠 일도 없을 터였다.

혹시 경비하는 사람이 있다손 치더라도 지금은 찔리는 것도 없었다.

치사토는 잠옷 대신 입은 코소데(小袖) 위에 히토에기누를 걸치고 슬슬 밖으로 나갔다.

"좀 춥네."

잠옷에 기모노를 한 겹만 걸친 차림으로는 쌀쌀한 아침 공기를 막을 수 없을 것 같았다. 치사토는 앞섶을 단단히 여미고 방 앞 복도에 털썩 주저앉아 다리를 편하게 늘어뜨렸다.

아니, 애초에 이런 복장으로 방 밖에 나왔다는 걸 알면 마츠카제로부터 필시 불벼락이 떨어질 것이다.

이 생활을 완전히 받아들인 자신을 보니 왠지 냉소가 흘러나왔다.

"…방법이 문제로군."

그리고 생각은 다시 탈출 쪽으로 향했다.

어제처럼 키요시게를 직접 만나는 것은 포기하는 쪽이 나을지도 모른다. 그렇다면 연락을 취할 방법은 남에게 부탁하는 정도밖에 없었다.

하지만 오오카에게 협력을 구하는 방법은 신중하게 고민해야 했다.

'이런 때 휴대전화나 컴퓨터가 있으면 편리한데……'

원래 세계에서 풍요롭게 누렸던 통신수단이 이제 와서 보니 그립다.

"하지만 아키마사가 휴대전화를 본다면 어떤 반응을 보일까……? '상자 속에 사람이 갇혀 있구나'라고 말하려나."

그렇게 된다면 그것도 재미있겠다고, 현실과 동떨어진 상상을 하고 저도 모르게 웃은 치사토는 복도 끝자락에서 궁녀 한 사람이 걸어오는 것을 발견했다.

'이렇게 이른 시간에 무슨 일이지?'

고개를 숙인 채 빠르게 걷고 있는 그녀는 복도 끝에 앉아 있는 치사토를 미처 보지 못한 것 같았다. 놀라게 하는 건 나쁘지만, 무슨 일이 있는지 궁금해서 치사토는 바로 옆까지 그 그림자가 다가왔을 때 느닷없이 말을 걸었다.

"어디 가는데?"

"꺄악!"

이상야릇한 비명을 지르며 제자리에 풀썩 주저앉은 것은 사카에였다.

"치, 치사토님? 소, 송구하옵니다."

사카에는 그제야 치사토의 모습을 발견하고 비명을 지른 것을 사죄하면서 절했다.

"놀라게 해서 미안. 어딘가 급해 보이니까 궁금해서……."

"아."

치사토가 그렇게 사과하자 새파랗게 질렸던 사카에의 얼굴이 금세 발갛게 물들었다.

방금 한 말에 얼굴을 붉힐 만한 점이 있었나, 하고 고개를 갸우뚱거리던 치사토는 사카에가 손에 무언가 쥐고 있는 것을 봤다.

작게 접힌 흰 종이… 언뜻 부적 같아 보였지만, 이런 곳에 그런 게 있을 리가 없었다.

"그거……."

"저, 저기, 이건, 그……."

얼굴을 붉히고 안절부절못하는 이유는 딱 하나.

"…혹시 러브레터?"

얼굴이 빨개졌다. 기쁘다. 편지. 연상하자 그 정도밖에 떠오르지 않았다.

하지만 거침없이 단언한 치사토의 말은 사카에에게 통하지 않았다. 그것이 자신이 살던 세계의 말이라는 걸 깨닫고 이곳에서는 뭐라고 부르는지 곰곰이 생각했다.

"아─ 그게……."

'옛날 말로 뭐라고 했더라.'

러브는 연모이고, 레터는 편지.

"음, 그러니까, 연… 서?"

"아, 그, 그런, 저는……."

'빙고!'

사카에의 반응은 소녀 그 자체라서, 치사토도 무심코 웃으며 놀리고 말았다.

"대단해. 연서를 받다니. 누가 준 거야? 좋아하는 사람?"

이런 상황은 처음 겪기 때문에 치사토도 흥미진진하게 물었다. 이 저택 안에서의 일이라면 사내연애라고 해야 할까?

"용, 용서해 주십시오."

치사토의 추궁에 더 이상 버티지 못하게 된 건지, 사카에는 종종걸음으로 도망치고 말았다. 목적지를 듣지 못한 건 아쉬웠지만, 남의 일인데도 기분이 좋아졌다.

'기분 나쁘진 않았겠지.'

사카에의 반응을 떠올리면서 능글맞게 웃던 치사토는,

"아─앗!"

갑자기 소리를 질렀다.

'이거다!'

사람을 사이에 두더라도 말로 전하는 것이 아니라 편지를 써서 전달하면 어떨까?

내용도 들키지 않을 테고 별로 친하지 않은 사람에게도 그 정도는 부탁할 수 있을 것 같았다.

몰래 연락할 방법을 드디어 찾은 치사토는 기쁜 나머지 뛰어올랐다. 옷이 흐트러지는 것도 개의치 않았다.

그 소란에 마츠카제와 궁녀들이 황급히 도착할 때까지 치사토의 흥분은 가라앉지 않았다.

『혹란(惑亂)의 삼일월』 끝

작가 후기

안녕하세요. 치코입니다. 『이연~혹란(惑亂)의 삼일월~』을 선택해 주셔서 감사합니다.

이른 시간 내에 3권을 출간하게 돼서 무척 기쁘지만, 또 결정적인 부분에서 다음 권으로 넘기고 말았습니다(뻘뻘).

이 권에서는 코요의 친구와 아들, 그리고 아들의 정혼녀와 새 캐릭터가 여기저기 등장했습니다. 그 때문은 아니지만, 일상을 메인으로 한 내용이 주를 이뤄서 이야기가 지지부진하게 전개된다고 느끼셨을지도 모르겠습니다.

본편의 이야기는 여전히 며칠 사이에 일어난 일들입니다. 그 반면에 이야기가 길어진 탓인지 쓰고 있는 사이에 저는 제법 시간이 경과한 듯한 착각에 빠졌답니다. 조금 특이한 현상일 수도 있습니다.

3권은 2권보다 내용이 더 진행돼서 드디어 치사토가 '탈출 계획'을 시작한 느낌입니다. 그렇게까지 섹스에 빠져 있으니 이제 그만 함께해도 괜찮을 것 같은데 가까스로 자아를 지킨 치사토는 좌절하지 않고 피로연에서 도망칠 결심을 하고, 어떤 사람에게 협력을 부탁한다는 전개로—

지금 시점에서 치사토는 이미 상당히 높은 비율로 코요에게 끌리고 있는 것 같습니다. 그러나 세계가 다르다는 커다란 틀은 차마 무시할 수 없어서 자신의 마음을 속이듯 도망치는 쪽으로 생각이 향하고 있을 뿐이지요.

그와 반대로 코요는 치사토가 하늘에서 내려온 사람이라도 자신이 원하면 손에 넣겠다는 독단적인 성격을 가지고 있기 때문에, 이런 면에서도 두 사람의 마음은 엇갈리고 맙니다.

원래 달달한 이야기를 좋아해서 글을 쓰면서도 '이제 그만 이어지시지'라고 생각하지 않은 건 아니지만, 현재 상태에서는 치사토가 코요를 순순히 받아들이는 모습을 상상하기 어렵고, 3권까지 오자 치사토가 어디까지 고집을 부릴지, 코요가 얼마나 견딜지, 두 사람을 시험하는 게 재미있어서 결국 약 올리듯 이야기가 길어지고 말았습니다(허허).

3권에서 결론이 날 것이라 예상했던 분들의 기대를 배신해서 진심으로 죄송합니다(뻘뻘).

3권쯤 되니 부제에 관해 이래저래 고민이 많습니다. 이연의 부제는 전부 '달의 별칭'으로 통일하고 있는데 이번 '삼일월'은 초승달의 다른 이름입니다.

사실을 말하자면 이것을 생각해 내는 데 시간이 꽤 걸렸습니다. 조금씩 만월에 가까워져 가는 달의 이름 가운데서도 어떤 듣기 좋은 제목으로 선택할지, 다음 권에도 역시 이것으로 며칠씩 고민할 것 같습니다.

3권 역시 아사히코 선생님이 삽화를 그려주셨습니다. 여전히 아름다운 일러스트는 볼 때마다 감탄사가 절로 나옵니다.

꽤 익숙해지셨는지, 코요도 치사토도 그 성격이 고스란히 드러나는 묘사에 실로 살아 있는 것 같은 인상을 받지 않으시나요?

표지는 시리어스&어덜트(호호)로 표현해 주셨습니다. 단편적인 상황을 묘사한 삽화와는 약간 다르게 마치 카메라 앞에서 포즈를 취하고 사진을 찍는 듯한 분위기인데 매번 표지가 무척 기대됩니다. 쥬니히토에(十二單)도 무척이나 화려하게 그려주셔서 이번 표지 또한 놓칠 수 없는 부분입니다!

3권의 아쉬운 점은 애완 고양이 '아키'의 출연 분량이 적다는 것입니다. 못생긴 그 모습을 아사히코 선생님께서 다시 한 번 그려주시길 바랐지만, 이번에는 잠시 보류되었습니다. 그러나 4권에서 대활약(?)할 예정이므로 아무쪼록 기대해 주세요.

다음 권에는 이윽고 피로연이 시작됩니다. 치사토의 탈출 작전이 고비에 처하고 무슨 수를 써서라도 달아나려 하는 가운데, 그것을 코요가 어떻게 저지하는지가 주된 줄거리가 될 듯합니다.

생각보다 훨씬 길어진 이 이야기. 앞으로도 계속 함께해 주세요.

Chi-co

홈페이지: 《your song》
http://chi-co.sakura.ne.jp

역자 후기
뛰는 치사토 위에 나는 코요, 그리고 뛰는 치사토

　이제 3권을 떠나보내야 할 시간입니다. 번역을 마칠 때마다 뿌듯하면서도 반면에 걱정이 앞서기도 합니다. 그런데 이번에는 무사히 마쳤다는 안도의 한숨이 먼저 나왔습니다. 정말이지 부적이라도 써붙이고 싶을 만큼 우여곡절이 많았답니다.

　갑자기 어깨와 손목이 시큰거려서 며칠 동안은 꼼짝 못하고 모니터만 바라보았고, 남편이 힘내라며 사준 치맥느님을 먹고 급체해서 영혼까지 토할 뻔했습니다. 고생한 끝에 번역을 끝냈지만, 앞머리가 희끗희끗 새어버린 사태가 벌어졌어요. 이걸 영광의 새치로 받아들여야 할지, 아니면 이렇게 고생시킨 두 주인공 탓으로 돌려야 할지 한참을 고민했습니다.

　『이연』은 헤이안 시대가 배경이기 때문에 가급적 고유명사를 살리면서 어렵지 않게 전달하는 데 중점을 두고 옮기고 있습니다. 현대 아이인 치사토에게도 좌근위대장이니 두중장이니 장인소니 하는 것들은 낯선 단어인데 하물며 외국인인 우리가 읽기에도 생소한 것이 당연하겠지요. 다행히 저자가 약간의 설명을 곁들여 어느 정도 짐작할 수 있게 독자를 배려해 주고 있습니다. 그러니 부담 갖지 마시고 치사토와 코요의 사랑스러운 술래잡기에 집중해서 읽어주셨으면 합니다.

　현대에 돌아갈 마음을 접지 않고 코요의 눈을 피해 키요시게와 접선하는 치사토. 사랑에 눈이 멀고 질투에 사로잡혀 어떻게든 치사토를 붙들어두려 애쓰는 코요. 한 편의 서스펜스 영화를 연상시키는 치사토의 탈출 계획이 시작되었습니다.

코요가 등장할 때마다 손에 땀을 쥐고 긴장하는
윤슬

TL 로맨스 원고 공모

한국 TL을 선도해 나가는
AIN-FIN 메르헨-엘르 노블에서
뜨겁고 은밀한 사랑 이야기를 찾습니다.

장르 : TL 로맨스(현대, 판타지, 시대물 무관)
분량 : 200자 원고지 기준 700매 내외

보내주실 곳 : ainandfin@naver.com

채택되신 작품은 계약 후 교정 작업을 거쳐 정식 출간됩니다!

많은 참여 부탁드립니다.

chi-co 글 | 아사히코 그림
윤슬 옮김

여름방학에 할머니 집을 방문한 코미야 치사토는 커다란 창고에서 화려한 골동품이 가득 담긴 궤를 발견한다. 그 빼어난 아름다움에 매료된 치사토는 달콤하게 피어오르는 향기를 맡고, 갑자기 눈앞의 광경이 흔들리면서 궤 속으로 고꾸라지고 만다.

정신을 차려보니 헤이안 시대와 비슷한 옷을 입은 사람들이 북적거리는 곳. 게다가 치사토에게 아내가 되라고 강요하는, 오만한 천황이라는 존재가 나타나는데……?!

〈그와 그들의 은밀한 눈 맞춤〉 엘르노블

이異연戀

섬(織)의 제회(際會)

chi-co 글 | 아사히코 그림
윤슬 옮김

할머니 집 창고에서 헤이안 시대와 매우 흡사한 세계로 떨어진 치사토.
놀란 치사토 앞에 나타난 천황은 상상조차 못할 만큼 난폭하고 심술궂은
남자로, 싫어하는 치사토를 강제로 안아 아내로 만들고 만다. 아직 천황
에게 마음을 허락하지 않은 치사토는 저항을 거듭하며 어떻게든 원래 세
계로 돌아가려고 애쓰지만―?! 천황의 마음은 날이 갈수록 커져만 가고
치사토의 반발은 더욱 거세지는데…….
화려한 헤이안 술래잡기 제2탄!!

〈그와 그들의 은밀한 눈 맞춤〉 엘르노블